生まれ変わったら男になりたい

春原　皇峰

生まれ変わったら男になりたい

1

その不思議な出来事は、夏真っ盛りな、七月十三日の私の誕生日におこった。

青山光（ひかり）、神奈川県の川崎市で生まれた十七歳の女性。

あたしは、幼い時から飛行機が飛び発つ姿を、毎日観ていたせいか、あたしは飛行機が好きだった。今日も、平々凡々と神奈川の高校に歩いて通っている。昔から落ち込んでも、大抵の事では挫けずに、直ぐに立ち直れるタイプだった。そんな光にとって、いつも、いつも、考えずにはいられない悩みが、なぜ自分は、男の子としてではなく、女の子として生まれたのだろうと、考えてしまうことだった。

光は、休み時間に、校舎の屋上に往くと、背中をピッタリとつけて、寝そべるようにして、空を眺めていた。

青く広がる空を眺めていると、黒い影が突然、あたしの視界を遮断して、あたしに話しかけてきた。

「あんた、また、飛行機の事を考えていたのでしょう」

あたしの視界を覆って、話しかけてきたのは、あたしの一番の親友の岡村結衣だった。結衣は、胸の辺りにつくくらい長いロングヘアに、少し茶色に染めた髪をしている。結衣の家は、あたしの家の向かい側の家に住んでいた。

あたしが部屋の窓を開けると、結衣と顔を出しながら、お互いに普通に話が出来るぐらいの距離だった。

「結衣」

と、言って、あたしは、視界を遮ってきた結衣の名前を呼ぶと両手をついて、起き上がった。

結衣は、ニッコリと微笑みながら、前屈みの体制になって、あたしに話しかけて来た。

「ねぇ、光。明日、あたしと一緒にショッピングに往かない。あんた明日、十八歳になるんでしょ、お祝いに何かおごるからさ」

光の楽しみの一つは、ショッピングだった。光は結衣に即答した。

「ＯＫ。そういえば、明日は、あたしの十八歳の誕生日だった」

明日が自分の誕生日だった事を忘れていた光に、結衣は、「ヤッパリか」と心の中で呆れながら言う。

「あんた、自分の誕生日を忘れていたの？まあ、光らしいけどね。じゃあ、明日よろしくね」

「わかった」

そうこうしていると、休み時間を知らせるチャイムが鳴った。

「あ、ヤバ、授業が始まる。次の授業って、なんだったっけ？」

と、結衣は階段を下りながら話した。

「確か英語」

二人は、急いで、教室に向った。

光の十八歳の誕生日の日。

光は結衣と、デパートの女性服売り場で、試着用の服をいくつか選んで、試着室の中に入った。光は選んできた服を掛けた後、試着室の中の鏡に手を伸ばして、ピッタリと掌を合わせて、自分の姿を確かめた。

その鏡に映る自分の姿を確かめたとき、私は、ふと、昔からずっと悩み続けてきた事を無意識に考えていた。

誰でも、一度は考えたことがあるんじゃないかな、

【生まれ変わったら〇〇になりたい】

なんて事を。

「あたしは、もしも自分が生まれ変わる事が出来たなら、女性ではなく、男性として生まれ変わりたい。そしてパイロットになって、自分の操縦する飛行機で、大空を飛び回りたい」

と、いつも、いつも、幼い時からずっと心の中で思っていた。

そんな時、あたしを映している鏡が、急に不思議な輝きを放ちだした。

輝く鏡に、男性のあたしが映ると、男性のあたしは、光の粒になって、あたしを包み込んできた。カーテンを閉めていて、外にいる人や、隣で着替えている結衣は、この試着室の不思議な現象に、気が付いていない。あたしは光の粒に覆われたまま鏡の中に、吸いこまれるようにして、入っていった。

鏡の中に吸い込まれ、だんだん私の意識が遠退いていく。


あたしは、意識を取り戻して、「ここはどこだろう?」と、思って周りを確認した。先程の鏡が、光る前の状態で目の前に合った。

どれ位、時間が経ったのだろう。あたしは何時間も気を失っていたようで、一分も経っていないような不思議な気がした。

「確か、幼馴染の結衣と一緒に、デパートで買い物を楽しんでいた時に、あたしは、この鏡に吸い込まれたと、思ったけど…」

と、つぶやくと、何かがいつもの自分と違うと、光は思った。そのとき、カーテンの向こう側から、結衣の声が聴こえてきた。

「いつまで試着しているの、光、さっさと決めて、次行こう」

光は、先程輝いていた鏡にもう一度掌をピッタリと合わせて触れてみたが、鏡はうんともすんとも、反応はしなかった。

「直ぐ行く」

あたしは、結衣を待たせても、申し訳ないと思い、とりあえず、服は買わないで、基の場所に戻すことにした。その時、掛けて在った服を観て、初めて自分の身に起こった事に気が付いた。

掛かっていた服は、先程女性服売り場で選んできたレディースの服ではなく、全て、バーコードの側にメンズと書かれている男性用の服ばかりだった。

あたしはそのまま、恐る恐る自分自身が着ている服装に眼を動かすと、身に付けている服も、女性服には観えなかった。

「どういうこと！」

光は、咄嗟に口に出して驚くと、先程結衣に話していた時は気が付かなかったが、自分の声のトーンが、いつもと違う事で、さらに驚いてしまった。

「どうかした？」

と、外で待っている、結衣が心配して、もう一度、カーテンの向こう側から声を掛けてきた。

「なんでもない」

あたしは、結衣に答えると、今、自分の身に起きている事態を受け入れられないまま、試着室のカーテンを開き靴を履いて外に出た。

結衣は、試着室から出てきたあたしの横に回り込むと、あたしの肘に手を添わせてきた。

「え！どういう事？」

と、心の中で思った。

あたしは、結衣に夢かどうかを、確かめてもらうために、

「結衣、ちょっと、ここをつねってくれるかな」

と、言って、左の頬を、二度チョンチョンと触ってから結衣に左の頬をつねる

ようにお願いした。

「こう」

と、いって、結衣は、光の左の頬を軽くつねった。

「イタイ、これは夢じゃないんだ」

と、光は、心の中で思った。

「夢じゃないって…光どうかしたの?」

「いや、別にたいしたことじゃ」

「変なの」

「結衣、ちょっと、トイレに入ってくる」

と、いうと光は、急いでトイレに向った。

一瞬、あたしは女性トイレに、入って行きそうになったが、慌てて、男性トイレに入り直した。

トイレのドアの鍵を閉めると、あたしは改めて、自分の身に起こった事を、考え始めた。一緒にいた結衣が、百五十五センチ位で、ああ見える位なのだから、あたしの身長とかは、前と変わらない百七十五センチ位のままのようだけど…でも一番違うのは…と、頭の中で思うと、あたしは、ジャージのチャックとベルトを、そろり、そろりと降ろして確認してみた。確かに、女性の時には無かった物が、今は確認した処にちゃんと在った。

「やっぱり、あたしは、男になっちゃったんだ」

と、口に出していうと、ジャージのチャックをゆっくりと元に戻した。ここで初めて、あたし…いやオレは、男になったという事態を認めた。

あれこれ結衣と楽しく話をしている内に、いつの間にかオレは家の前まで戻って来ていた。

既に辺りの日も少し陰り始めてきていて、時間は夕方の六時を廻っていた。

家の前で結衣は、

「光、誕生日おめでとう」

と、言って、微笑みながらオレにプレゼントを渡してくれた。

プレゼントを渡して、オレの誕生日を祝ってくれた結衣に、お礼を言った。

「ありがとう結衣」

「どういたしまして、じゃあね光」

結衣は、手を振って、家の中に入って行った。

結衣と別れると、オレは家の中に入った。玄関で靴を脱いで、自分の部屋に駆け込むように戻った。

部屋の中に入ると結衣に貰ったプレゼントと荷物を机の側に置いて、ベッドに勢いよくドサッと、腰掛けて座った。

ベッドに腰掛けて座った後、フウ、と深くため息をつくと、そのまま、ベッドに寝そべった。

光は昼間デパートで、自分の身に起こった不思議な出来事を頭の中で、冷静に整理し始めた。

「やっぱりここは、他の人や建物とかは、そのままで、オレだけが、男性に変わっているという点だけが、違うという世界なのかな?」

と、言って起き上がると、オレは、腕を組んで考え出した。

「それに、こっちでは、なんかオレと結衣は、親友の関係というよりは、むしろ恋人の関係のようだ」

と、言って口に出して呟いたとき、オレの眉間にしわがよって、背中に強烈な寒気が走った。

「ブルブル、この関係って、一応、身体は男と女だから、レズって関係にはならないのよね。いや、ならないはずだ…」

光は、自分で今の自分に問いかけるように言う。

結衣が嫌いなわけではないが、まだ、自分自身が男になったという事実を、認めるのに精一杯なオレは、結衣との関係を考える事が出来る程、気持ちに余裕がなかった。

頭の中で考えはするものの、昔から落ち込んでも、立ち直りが、人並外れて早かった光は、立ち上がって、

「まぁ、いっか、なっちゃったものは仕方ないよな。戻れるかどうかも分からな

いのだし、オレは、これから、男として生きていくしかないんだよな」

と、男性になったという事実を直ぐに受け入れるように言った。

背伸びをして、リラックスした後に、机の上に置いて在った結衣から貰ったプレゼントに目がいった。

「そういえば、結衣は何をくれたんだろう?」

光は、結衣から貰ったプレゼントを開けようとした時、コンコンと、ドアを二回叩く音がした。

「はい」

オレは、プレゼントを開けずにそのまま戻して、返事をした。

「光兄ちゃん、入っていいかな」

と、ドアの向こうから訊いてきた。

声を掛けてきたのは、オレの妹の青山麗だった。麗とオレとは、歳が三つ離れていて、今年中学三年生になった十五歳の妹だ。麗は良くオレをからかうのが好きな、可愛らしいとこもあるけど、その半面、少し小憎らしいところも持っている、そこら辺は普通にいる女の子だ。

「どうぞ」

と、言った。

「おかえり、ねぇ、今日、結衣さんとのデートどうだった」

麗が訊ねてきた時、今のオレと結衣は、麗が知っているくらいの恋人同士の関係だという事を改めて、認識させられた。

「バカ、デートなんかじゃないよ」

「そうなの」

「そうだよ、今日オレの誕生日だから、ちょっと、結衣が何か奢るからって、誘われただけだよ」

麗は、オレの顔をニヤニヤと、下から覗きこむように診た。

「それって、デートなんじゃないの?」

「………」

光は、付け込んで聴いてきた麗に、今度は何も答えられなかった。

「今日はなんか、結衣さんと進展するのかなぁと思っていたのに、ツマンナイの」

麗は光の部屋から出て行った。

オレは、心の中で、「余計なお世話だ」と、言うと、夕飯を食べる前に、オレは自分の部屋を、整理し始めた。

整理していて、女性用の服が、男性服に変わっているなどの違いはあったが、光が趣味で集めた飛行機のプラモや、飛行機に関係する本などは、ほとんど変わっていないという事が確認できた。

じゃあ、必ずあるはずだと思ったオレは、まだ調べていない机の引き出しをバッと、勢いよく開いた。

「在った」

確かに、高校を出てから進みたいと想って、大事に取っておいた、パイロットになるための大学の、工学部航空宇宙学科の航空操縦学専攻パイロット養成コースのパンフレットだった。

そこには、アメリカへの約十五ヶ月の留学期間や事業用操縦士学科試験などについても、詳しく書かれていた。

見つけたパンフレットを、眺めていると、プレゼントと一緒に机の上に置いて在った携帯電話の着信音が鳴った。

携帯電話を確かめると、画面には、結衣の顔が表示されていて、結衣からメールが届いた事が解った。

結衣のメールの内容は、
明日、光が行くつもりだって言っていた大学を、あたしも一緒に観に往きたいのだけど、朝八時に家の前に集合できる?良かったら窓を開けて、ＯＫと言ってと、書かれていた
光は、窓をガラァと、開けて、

「ＯＫ」

と、言って答えた。

「じゃあ、明日、よろしくね」

「ああ」

結衣が手を振りながら、窓を閉めるのを確認してから、オレは窓を閉めた。

そのまま、立ったまま、机の上にある結衣からのプレゼントを開けた。

プレゼントの中身を確認すると、中には、パイロットハットが入っていた。

どうやら、結衣は、オレが、パイロットを目指しているという事から、このプレゼントに決めたらしい。

オレは、結衣から貰ったパイロットハットを早速かぶると、心の中で「ありがとう」と、結衣にお礼を言った。

2

次の日、メールに書かれていた時間の通り、朝八時ちょうどに、家をでた。しかし、家の前では既に結衣が、昨日デパートで購入した服を着て、待ちくたびれたといいたいように、顔を脹らませて、待っていた。

「遅いわよ」

そうだ、昔から結衣は、約束した時間の三十分前から行動する事を、オレはすっかり忘れていた。もし、八時に待ち合わせの時は、八時半で約束しとかないといけないのを、忘れていた。こっちでも、そういうところは、同じままなんだなと、心の中で笑いながらいう。

とりあえず、光はこれ以上、結衣の機嫌を損ねさせまいと思い、直ぐに頭を下げて結衣に謝った。

「ごめん」

結衣は、光が頭を下げて謝るのを見ると、腫れていた顔から、ニコニコと微笑む顔になった。

機嫌が直ったかと思うと、結衣は家から出て来た光の横にまわりこみ、自分の手を光の手に添わせてきた。

「さぁ、早くいこう」

と、言って、結衣は、光と一緒に歩き出した。

歩きながら光は、

「プレゼントありがとう」

と、言って、結衣にお礼を言った。

「どうかな、あのパイロットハット」

結衣は、お礼を言われて、嬉しそうに聴いてきた。

「ありがとう。欲しいと思っていたんだよ」

オレは、結衣に改めてお礼を言った。

「よかった。光が気に入ってくれるか、ちょっと心配だったのよ」

「そんなことないよ、ありがとう」

オレは、結衣と和みながら大学に向かった。


大学が観えるところまで来ると、光は、結衣に訊ねた。

「でも、なんで結衣まで来るんだ？」

「え？」

「オレは、この大学を受けるつもりだから、受験勉強の気分転換のつもりでいいけど、結衣はなんで一緒に来たんだ？結衣もここを受けるつもりなのか？」

「そうよ、ここの工学部を受けるつもりなのよ」

「え！もしかして、ここの工学部の航空宇宙学科航空操縦学専攻を、やりたいなんてことはないよな？」

「そう、航空宇宙学科航空操縦学専攻よ」

オレは、結衣が自分と同じ学校を受けると知って、つい顔に出して驚いてしまった。

「つまり、結衣は、将来はパイロットになりたいって事か？女性には、ちょっと大変じゃないか」

「あんたそれ、いったい、いつの話よ？古いわね。今は女性でも、資格をちゃんと取って、健康でさえあれば、国際線のパイロットにだってなれる時代なのよ。それはまだ、女性の位置は男性に比べて低いけど、昔みたいに、女性は全く無理って訳じゃないのよ」

「………」

「私だって、光と同じように、昔からあんな大きな空を、飛び回る仕事についてみたいと、思っていたのよ」

そうだ、結衣は昔から、オレと趣味なんかが似ていて、得意な科目が英語と理系だったとか結構好きなものも同じだった。でもオレと違うのは、結衣はその時が来るまで、決して一言も喋らずに隠し通して、人を驚かすサプライズの様な事が好きだというところだったと、改めて思い出した。

結衣は、オレに添えていた手を放すと、オレの前に回って、

「これからは、光のライバルにもなるのだからよろしくね」

と、ニコニコと、笑いながら言う。

「…わかった、お互いに頑張ろう」

と、言って、光は、大学を見上げた。

「そうだ。なら、来週の日曜日に。オレ、ＴＯＥＦＬⓇテストを予約してあるんだけど、結衣も往くか？」

「ええ、いいわよ、実はあたしも予約してあるから」

「………」

「英語は結構自身あるけど留学するためにも、受けておいたほうが、自分の能力がどれ位なのか解るからね」

結衣がそう答えた時、オレは、初めから、結衣はオレとテストを受けに往くつもりだったと覚った。


ＴＯＥＦＬⓇテストの日。

オレは、結衣と一緒に、ＴＯＥＦＬⓇテストを受けに、横浜のテストセンターに来ていた。

英語は昔から少しは自信があったが、自分の能力が、現時点でどの程度なのかを、ちゃんと確かめて、留学する事が出来る条件ラインをクリアーできる能力を、早く身に着けておかなければならないことから、結衣と一緒に横浜に受けに来ていた。

「光、あんたどれ位いけそう？」

と、結衣がいたずらっぽく、訊ねてきた。

「うーん、わかんないな？でも、せめて三百点は超えたいな」

「三百点！あんた、それ、いつの話よ？」

結衣は少し強めに言って来た。

「どういうことだ？」

「今、ＰＢＴのペーパーテストって、日本では、やっていなくて、インターネットでやるＩＢＴのしかやっていないわよ」

「そうなのか?」

「心配だわ」

光は、少し眉間にしわを寄せるくらい、ムカッときたが、そのまま結衣に訊ねた。

「じゃあ、留学できる条件の一つに、以前ＰＢＴで、五百二十五点を越えれば留学できるラインはクリア出来ているって訊いたけど、ＩＴＰでは、何点を超えていればいいのだよ?」

「確か、三十点ずつの四セクションで、百二十点満点中の七十点を取れていれば、留学できる条件のラインはクリアできているって訊いたけど」

「そう、じゃあ、今回は五十から五十五点を取ればとりあえずはいいかな」

「私は、七十点を取れる様に頑張るわよ」

「………」

結衣は結構、自信過剰に観えるところがあるが、結構その、いった通りになっているのだから、自信過剰ではなくて、ちゃんと、自分の能力が、どのくらいなのかを理解しているという事だと、オレはわかっていた。


試験が終わって、オレと結衣は横浜の試験会場を出た。

会場を出ると、オレは、つぶやくように話した。

「何点取れたか判明するのは、だいたい十日後か」

「どうだった？」

結衣は、オレの腕に自分の手を添えて聴いてきた。

「ちょっと、ライティングが難しかったけど、悪すぎるって事は無いと思う」

「同感ね、悔やんでいたって仕方ないわ。さぁパァーっと遊んで、今日の中にスッキリさせましょう」

結衣は、そういうと、オレの手を引っ張るようにして、遊びに連れて行った。

横浜にテストを受けに行ってから、一ヶ月がたった日。

光と結衣は、二人仲良く学校の屋上でピッタリと背中をくっつけて、寝そべりながら、空を観ていた。

一ヶ月経つと、結衣との関係がレズだなどという風には、考えないようになっていて、自分が、男だという事もすっかり認めていた。結衣と付き合うのも、全然おかしい事だとは考えなくなっていた。

「結衣はパイロットになってどうしたいんだ?」

「どういうこと?」

と、いうと、結衣は、空を眺めている光の横顔を観ながら訊ねた。

「つまり、パイロットになって、自分の操縦する飛行機で、飛びたいっていうのは解ったけど、国内線のパイロットとか、国際線のパイロットとか、希望するのがあるんじゃないのか?」

結衣は、光の横顔から、視線を空に戻して、寝そべったまま、話した。

「やっぱり、国際線かな」

結衣がそう答えるのは、今のオレには、判っていた。昔から結衣とは似ているところが合って、むしろ妹の麗とよりも、趣味などが似ている。オレが好きで集めようと思うものを、結衣も集めるなど、似ているところがたくさん在り、おそらく、国際線のパイロットになりたいという、オレの答えと同じになると思っていた。

「じゃあ、同じだな」

光は、寝そべりながら空を観るのを辞めて、両手をついてゆっくりと体を起こした。

「やっぱ、光も、そうでしょ」

結衣も、身体を起こして、微笑みながら光の顔を見た。

「ああ、夢だよな」

光も、結衣の顔を見て、微笑んだ。

二人はそのまま、どちらからとも無く立ち上がり、教室に向った。

学校から家に戻ってくると、隣の結衣の家が、慌ただしくて、家の前に救急車両が停まっていた。

「どうしたんだろ?」

「家で何か遭ったのかしら?」

結衣が、口に出して言うと、結衣の家の中から、結衣の父親の岡村悟が、救急車で輸送されようとしていた。

救急車で、輸送されようとしている悟の横に、結衣の母親の岡村慶子が、必死に、

「あなた、あなた」

と、何度も呼んでいた。

「ママ」

と、言って、結衣は今にも、救急車両の中に、入ろうとしている慶子を呼び止めて、話しかけた。

話しかけた結衣に気が付くと慶子は、

「結衣」

と、言って悟の側を離れた。

「ママ、パパはいったいどうしたの？」

「原因は、わからないけど、家に還ってきてから、急に、意識を失って倒れて、結衣、早く乗って」

と、慶子は動揺していて、うまく喋ることが、出来ないまま結衣に言った。

「わかった」

と、結衣は、答えると、オレに振り向いた。

「おばさんと早く」

オレは結衣が何かを言う前に肩に手をそっと置いて言った。

結衣は、何も言わずにうなずくと、恵子と一緒に悟に付き添い、救急車に乗って病院に向かった。

呆然と、結衣が乗って走り去っていく救急車両を見送った。

悟が救急車に乗って運ばれていった時は、気が付かなかったが、妹の麗が外に出ていたことに、今気が付いて、光は、麗に声を掛けた。

「麗」

「光おにぃちゃん」

「麗、結衣のお父さん…」

「うん。わかんないけど、急に意識を失って倒れたって」

と、言って話した麗も少し動揺していた。


自分の部屋の中で、結衣のお父さんの無事を祈りながら、オレは結衣からの連絡を待っていた。

二時間程経って、携帯に結衣から、電話が掛かってきた。

「光」

話しかけて来た結衣の声は酷く沈んでいた。

「結衣…」

「おとう…お父さんが、亡くなった」

結衣は、震える声で父親の悟が亡くなったことを話した。

「結衣、今どこだ？」

「……横浜の病院よ」

「直ぐ往く」

オレは、結衣から病院の場所を聴くと、昔から家族のように育ってきた結衣のお父さんが、亡くなったと聴いて、いてもたってもいられなくなり、結衣のお父さんが亡くなった病院に向かった。

病院に入ると、階段や廊下で病院の人達が、

「病院の中は、走らないでください」

と、いう言葉も聞かずに、ハァハァと、息を切らせながら、結衣のお父さんの病室に向った。

病室に入ると、部屋の中は、しんと静まり返っていて、部屋の中央のベッドには、結衣のお父さんが寝かせられていた。

結衣のお父さんが、寝かせられているベッドの横の椅子には、結衣と、結衣の妹の夏希ちゃんが声に出せない情態で、泣いていた。

「結衣」

オレは、結衣が泣いているのを観たのは、何年ぶりだろうか。いや、もう小学校の時以来ずっと見ていなかった気がする。

あれ程気丈な結衣が泣くなんて、信じられない。それとも、気丈だと想っていた結衣は、ただ単に強がっていただけで、本当は、気が弱いのを、オレや他の人に、見せないようにしていただけだったのか？

確かに、そうかもしれない。こっちの世界の昔の結衣は知らないが、おそらく、オレが女性だった世界の結衣と変わりないはずだ。

オレは、向こうの世界で、小学生の時に、結衣と一緒に迷子になって、泣いた時の事を思い出していた。


結衣のお父さんの通夜が始まった。

オレは、その通夜の中で、涙は流さなかったが、結衣の今にも崩れてしまいそうな姿を観て、

「結衣のこんな姿を観るなんて、今の自分は男なんだ。男だったらこんなときど

うすればいいんだろう」

と、拳に力を入れながら、口に出して呟いた。


結衣のお父さんの葬儀が終わった次の日。

教室で隣の結衣の席を観たが、結衣は座っていなかった。

「ヤッパリ、今日も、結衣は休みかな。お父さんが、亡くなった事が、よっぽど辛かったんだな」

と、オレは思った。

しかし結衣は、昼過ぎに学校に出て来た。そして、結衣は、教室に入ってくるなり、オレに話し掛けてきた。

「少し、時間あるかな」

「あぁ」

オレは、結衣に返事をすると、いつもの屋上に結衣と向った。

結衣は、何か言い出しづらい感じだったが、やっと口を開いて話し始めた。

「私、来週、新潟のおじいちゃんのところに、転校することに、なりそう」

と、結衣は言った。

「新潟に転校…」

「そう、お母さんだけで、私とまだ小学生の妹の夏希を育てながら、働くのは大変らしくて、おじいちゃんの家がある新潟に行って暮らすらしいの。光とも、これでお別れになるらしいの。でも、もし光が、そのままパイロットを目指して、航空宇宙学科に進むつもりなら、大学で会えるかもね」

「必ず、受かってみせるよ」

オレは、そういって、結衣の背中に手を回して、ギュッと両手で抱きしめた。

結衣はオレの胸に顔を埋めながら、

「…うん、必ずだよ」

と、いって、強く抱きしめ返してきた。

すると、葬儀のときでも大泣きしなかった結衣が、堰を切ったかのように、オレの胸に顔を埋めたまま、声を出して泣き始めた。結衣の大粒の涙が、ポタポタとあとからあとから落ちて、オレのシャツは、結衣の涙の色で染まっていった。
結衣と仲良く寝そべりながら空を眺めていた、この屋上で結衣と話をしたのは、
この日が最後だった。

3

クリスマスの日。

結衣が、神奈川から新潟に引っ越して、もう三ヶ月が過ぎ去っていた。今でも毎日のように結衣とはメールでやり取りをしている。

あの時、屋上で泣いた結衣の顔が、オレは、今でも忘れられない。

オレは、あの日から、結衣と一緒に同じパイロットになる為に、猛勉強に、猛勉強を重ねていた。

「結衣と逢えないのが、こんなに寂しいなんて感じるなんて……いつの間にか、結衣を親友としての目線だけではなく、オレはすっかり、女性として、恋人として結衣を見る様になっていたんだな」

と、光は口に出して言った。

男になって女の人を好きになるって言う感情は、こういう事なんだろうか。それに、今のオレがパイロットになりたい目的って、少し以前とは違う気がする。以前は、自分の操縦する飛行機で大空を飛びたいとよく想っていたが、今は、結衣と会いたいから。そして結衣と一緒に大空を飛ぶ為にと、オレは想うようになっていた。

「夢って言うのは、こうやって、人と人とのふれあいの仲で、どんどん変わったりしていくのかな?」

光は、つぶやいた。

コンコンと、ドアを叩く音がした。

「光お兄ちゃん、入っていいかな?」

麗がドアの向こうから訊いてきた。

「いいよ」

「ねぇ、最近どうなのかな」

「どうかなって?」

何のことなのか光はわからず、麗に聴きかえした。

麗はニヤニヤと笑いながら近づいてくると、

「結衣さんが新潟に行ってから、二人の仲はどうなっているのかなって事よ」

と、オレの顔を覗き込むようにして、訊いてきた。

「いや特になにも。メールはだいたい毎日しているけど」

オレはとりあえず、そのまま、今結衣と毎日のようにメールのやりとりをしている事を、麗に話した。

「へぇ、毎日しているんだ。こっちに居たときよりも、仲良くなったんじゃないの。お兄ちゃんと結衣さん」

と、いって、麗はオレを茶化してきた。

オレは、心の中で「しまった」と、正直に麗に話してしまった事を、後悔した。

「そんなこと訊きにきたのか?そんなのなら、勉強の邪魔だから」

ふてくされた表情をして、光は言う。

「ごめんなさい、違うの」

麗は、オレの左手を、両手でそっと合わせるように優しく握ってきた。

「？」

「本当はお兄ちゃん、結衣さんが新潟に往って、寂しいって想っているんじゃないかなって、心配して」

と、いうと結衣の笑っていた顔が、一変した。

茶化したりしているのではなく、麗はオレの事を本当に心配してくれているのが、その表情からもよく解った。

「ありがとう、大丈夫だ、麗にも心配掛けて悪かったな」

と、言うと、オレは、右手で優しく麗の頭を撫でた。

「………」

「それに、もう会えない訳じゃ、ないしな」

「うん」

麗は、元気に微笑んでくれた。

「オレは、約束したんだよ。結衣と」

咄嗟に口から漏れるように光は麗に話した。

「え、約束？お兄ちゃん、約束って結衣さんと何の約束をしたの？」

微笑んでいた麗の顔が、一瞬の中に、まるで犯人を疑う刑事のように厳しい表情に変わってオレを観た。

「あ、いや、なんでもない」

光は、麗から離れると、机に向った。

「……………」

麗は、光の後ろ姿をジッと見ていた。「ヤッパリ怪しい」と、心の中で想うと、その中に結衣の犯人を疑うような疑惑の眼は、笑いの眼に変わり、右手を口に当てて、クスクスと忍び笑いをこぼした。

「じゃあね、お兄ちゃん」

バタンとドアの閉まる音がして、麗がオレの部屋から出て行くと、オレは、シャーペンをノートの上に置いて、椅子にもたれ掛かって、フゥと、一息ついた。

「フゥー。焦った…麗の奴…オレと結衣の事、何か気付いたのか？」

と、オレはつぶやいた。

一息ついた後に、オレは机にもう一度向ったが、結衣の事を考えてしまって、勉強をする能率が、上手く上がらなかった。

「なんか。麗と、結衣の話をしていたら、結衣の声がだんだん聞きたくなってきたな。メールじゃなくて、久しぶりに、結衣に電話して結衣の声を聴きたいな」

と、オレは、口に出して言った。

すると、机の上にあった光の携帯電話が、鳴り始めた。

携帯に電話を掛けてきた人物は、他の誰でもない、今オレが電話を掛けて、声が聴きたかった結衣だった。

「はい」

オレは、電話を掛けようとしていた結衣の方から電話が掛かってきたことで、咄嗟に嬉しさのあまり何も考えずに、元気な声で電話に出た。

「メリークリスマス。こんばんは、光。元気そうね」

結衣も、元気に挨拶をしてきた。

「そういえば、今日は、クリスマスだったな」

「ヤッパリ。今日が何の日か忘れていたんだ」

「そうだよ。でも、今オレ…結衣の声が聴きたくて、結衣に電話をしようと、想っていたところだったんだ」

「え！私もだよ。私もなんか、光の声がどうしても今日聴きたくてさ。クリスマスだし、だからメールじゃなくて、久しぶりに電話したんだよ」

「へぇー」

「じゃあ、光と私って、ヤッパリ、気が合うんだね」

結衣は嬉しそうに言った。

「そうかもな」

と、言った光も嬉しさを隠せなかった。

お互いに声が聴けて好かった。心の底からそう想いながら、二人は、楽しみながら話をしていた。


大学入試の日。

いよいよ、一月になり入試を受けに行く日になった。人生の一つの分かれ道に、接しようとしていた。

その人生の分かれ道とは、パイロットになる為の。そして結衣と同じ大学に受かるという事だ。今まで、そう、結衣が新潟に転校してから、オレは、もう一度結衣と一緒に同じ時間を過す為に、頑張ってきたんだ。

「担任の吉村先生も、今のオレの学力なら、十分に入れると、言ってくれた。よし、もてる力を全部出して頑張ろう」

と、光は呟くと、右手に力を入れて握った。

「フゥ、終わった」

終了の時間と同時に光は力を抜いて、深く息をはいた。

「どうだった」

試験が、終わると、後ろの席から、オレに話しかけて来る黒髪のショートカットの可愛い女の子がいた。

「え」

　光はゆっくりと、振り返った。

　その可愛い女性は、確かに結衣だった。

　結衣は、以前の胸の辺りまで掛かっていた長いロングヘアではなく、肩の辺りに、触れるか位までバッサリと髪をカットしていた。髪の色も茶色ではなく、黒色の元の髪の色に戻していた。以前の結衣とはイメージがまるで違っていた。

　オレは、結衣を観て、直ぐに結衣だとは、言えずに、

「結衣なのか？」

　と、思わず、訊ねるように言ってしまった。

「何言っていんの？私じゃなきゃ誰なの？」

　以前よりもなぜか結衣が女性らしく観えた。それとも、オレが結衣を女性として観るようになったからなのだろうか？いずれにしても、以前よりも、オレは結衣を女性として観るようになっているのだけは、確かだった。

「そうだよな」

「久しぶり、光、どうだった二次選考にいけそう？」

「あぁ、手ごたえは、十分会ったよ、後は、募集人数の中に、残ればいいだけだと思うよ」

「そうか」

と、言って、結衣はニコニコと微笑んだ。

外に出ると、結衣はオレの腕に手を添わせてきた。

「ねえ、明日まで私自分家にいるんだけど、ちょっと、久しぶりに光の家に言っていいかな」

「あぁ、いいよ、久しぶりに、結衣とゆっくり話をしたいしな」

「じゃあ、早く往こう」

と、言って、結衣はオレを引っ張って、家に向った。

結衣は、自分の家に戻って、荷物を置いてくると、直ぐにオレの部屋に来た。

その後、話が弾んで、二時間ぐらいずっと、結衣と二人で話をしていた。

「光は、何か二時選考の時に心配事ある？」

「オレは二次選考の面接試験が、ちょっと心配かな。」

「ドコが心配なの？」

「英語で話したりするのはそれほど心配してないけど、昔から、知らない人と面と向って話をするのが苦手でね」

「そっか、じゃあ私が光を面接してあげます。結衣ちゃんの恋人面接試験をね」

と、結衣は、微笑みながら言う。

「結衣じゃ、緊張しないから面接にならないよ」と、心の中で言いながら、光も笑った。


次の日、新潟に戻る結衣を麗と一緒に横浜の駅まで送りにきた。

「今度会えるとしたら、二月に入ったらだね」

少し結衣の表情が、オレにまた会えなくなるのが、寂しいのか、沈んできた。

「そうだな、でも、一ヶ月なんて、直ぐだよ」

「そうだよね」

「二人とも、もう受かったつもりでいるんだから」

と、言って、麗が後ろから、笑った。

「あ、そうだ、今日は来てなかったけど、新潟で私や光と、同じ様に、航空操縦学専攻を受けるって、友達に向こうで知り合ったよ」

「へぇー」

「じゃあ、結構、結衣さんとも話しが合うんじゃないですか」

「そうね、あっ、そろそろ時間だ、じゃあ、またね」

結衣は電光掲示板の時刻を確かめると、急いで、手を振りながら改札口に向った。

「あぁ、またな」

「結衣さん、またね」

と、言って、光と麗は、手を振りながら、改札口に入っていく結衣を見送った。

結衣の姿が完全に見えなくなると、麗は
「そういえば、光お兄ちゃん、結衣さんの友達って、男の人なのかな、それとも、女の人なのかな?」

光の顔を、ジッと観ながら言った。

「さぁ?」

オレは、首をひねりながら答えた。

「さぁじゃないよ、もし、結衣さんの相手が男の人だったら、お兄ちゃんのライバルになるかもしれないじゃん」

と、言って、麗は光の無関心に近い反応を怒った。

「………」

「学校で、会える分、今のお兄ちゃんよりも、結衣さんと仲良くなる事だって十分あるんだからね。ちゃんと、結衣さんの心捕まえたとか無いと、結衣さん盗られちゃうかもしれないんだよ」

麗はオレを喉けるようにして言った。

「確かにそうだ、どっちだろう男か女か」

麗に言われて、急にオレは心配になった。

「なんてね、盗られるなんてのは、言い過ぎかもしれないけど、でもちゃんと、結衣さんの心捕まえとかないとね」

と、麗は言ったが、既にオレの耳には、届いていなかった。

4

光は麗に言われた事が気になったまま、何処をどうやって自分の家に帰ってきたのか、よく覚えていなかった。

頭が働かず、呆然としたまま、家に帰ってきていた。もう麗に言われた結衣の友達が、男の人か女の人か、それだけが気になって頭から放れなかった。

そんな結衣の友達の事が、気になってしょうがない光の背中を観ながら、麗は忍び笑いをこぼした。

光は自分の部屋に戻ると、荷物を机の上に置き、光はそのまま、ベッドの上に寝そべった。

すると、机の上に置いてあった荷物の中で、携帯電話の着信音が鳴った。

光は携帯を取り出すと、呆然としたまま、画面を確かめた。

電話は、結衣からだった。

オレは結衣からだと知ると、結衣の友人の事だけしか考えることが出来なかった自分が一瞬で吹き飛び、焦りながらも、電話に出た。

「はい、光です」

「光、今、新潟に着いたよ」

「あぁ、結衣おつかれさま」

と、言った後、オレから電話を掛けて結衣にその友人の事をわざわざ聴くのは気が引けて掛けられなかったが、ついでという事で、新潟で知り合ったという友達の事を、結衣に、訊ねようと想った。

「そうだ、結衣」

「ん?」

「さっき、訊きそびれたのだけど、新潟で知り合った、友達って、女の人?それとも男の人?」

と、言って、光は訊いた。

言った後に、オレは、

「ヤバイ、女の人か？男の人か？なんて訊かないで、どんな友達なのかを訊ねればよかった」

と、心の中で後悔した。

「なに光。もしかして、私の事で妬いてくれてるの？」

と、結衣は、電話の向こうで、忍び笑いを溢しながら言う。

「い…いや、べつに」

図星をつかれて、オレは、恥ずかしさから激しく動揺した。

少し間を置いてから、結衣は話してくれた。

「光、安心して、その人、男性じゃなくて、私と同じ女の子だからね」

「本当か？」

オレは、結衣の口から男性じゃないと言う事を聴いたとき、ようやく心の中のモヤモヤしていたものが、取れた気がして、思わず本音を口に出してしまった。

「ええ、名前は、雨宮留美よ」

「雨宮留美」

「そう、留美と買い物に行った日って、結構雨に降られる事が多いのよ。でも、話は合うのよ」

「楽しそうだな」

「まぁね、さっきは久しぶりに光に会えたから、興奮して、話しそびれたけど、結構こっちでも楽しくやっているよ」

　結衣から楽しくやっていると聴いた時、安心した反面、オレは、また、その留美という女の子に対して、なぜか、また嫉妬をしてしまった。この嫉妬は、オレの中の女性として接していた時の気持ちが、まだ完全に抜け切れていないせいなのかもしれないなと、想った。

「今度の二月には、光も留美と会えると想うから」

と、結衣は、ハキハキとした声で、言ってきた。

「あぁ」

「じゃあ、頑張ってね」

と、言って、結衣は電話を切った。

「…………」

結衣から新潟で知り合った、雨宮留美という友達の事を教えてもらって、オレの中の異性としてのモヤモヤした感情は、取り除く事が出来た。しかし、その話を聴いて、友達として接していた時の感情からなのか、新たな嫉妬のようなモヤモヤした感情がオレの中に、生まれてしまった気がする。


次の日。

学校に新たなモヤモヤした気持ちを抱きながら、行った。

「よぉ青山、久しぶり」

と、いって、学校の校門のところで、光の後ろから、同じ学校の男子生徒が陽気な声で話しかけてきた。

その男子生徒は、オレが女性だった頃は、ほとんど会話すらしなかった、中西豊という、オレと同じように今年卒業する同じ学年の高校生だった。

中西と話すようになったのは、結衣が新潟の高校に転校してからだった。

よく話しをするようになったきっかけは、結衣といた屋上で飛行機を眺めていた時に、中西の方から話しかけてきて、中西も飛行機が好きだと言う事を知ったからと言う事と、今の自分が、女性ではなく男性だということもあり、男性同士で話しやすいこともあるのだろう。

そして、一番の理由は、なにより中西も飛行機が好きで彼も同じ大学を目指しているると知ったからなのかもしれない。

中西は、オレや結衣と同じようにパイロットになって、自分が操縦する飛行機で大空を飛びたいという夢ではなくて、エンジニアになって、自分が作った飛行機を大空に飛ばしたいという夢だった。

同じ大学を目指しているというのはわかったが、中西が進もうとしているのは、航空宇宙学ではなくて、機械工学だった。

「中西、久しぶり」

「どうだった試験？」

「あぁ、この分なら大丈夫だ」

と、オレは、中西に自信を持って言った。

「そうか、よかったな。オレも、この調子なら合格できると思う」

と、中西も自信を持って言ってきた。

オレはそのまま、中西といろいろ楽しく話しながら、校舎の中に入っていった。


昼休みに、オレと中西は屋上で話していた。

「中西」

「ん？」

「オレは、前に自分がパイロットになって空を飛びたくなったと理由を話したけど、お前はどうして自分で飛行機を作りたいと思ったんだ？」

と、言って光は、中西と空を見上げながら聴いた。

「オレか？オレの理由は……忘れちまったな」

「忘れた…」

「ああ、ただな青山、オレもお前と同じように飛行機が好きで、昔からよく眺めていてそう考えるようになっていったのは、覚えている」

と、言うと、中西も昔を懐かしむような顔で、空を眺めた。

オレは今日学校で中西と一緒に話していて、少しだけわかった気がする。人と人の関係は、何処かが薄くなると、その分何処かの関係が濃くなる。結衣が遠くに行ったことで、新たな人との関係を知ることになったと言う事だ。

そして、それは、結衣も同じことだったのだ。

オレと放れたことで、結衣も留美さんという新たな友人と知り合っただけだったのだよな。それにオレを忘れたというわけでも、オレとの仲が悪くなったというわけでもないのだ。

そう考えたとき、自分の中でモヤモヤした感情が、すべてではないが、考えなくてもいい位に薄くなって、気持ちが軽くなった気がした。

5

二月の試験の日の前日。

横浜の駅まで、光は結衣を迎えに来ていた。

そして、男としても、親友としても、いろいろな意味で光が嫉妬をしてしまった雨宮留美も試験を受ける為に、結衣と一緒に今日新潟から来ることになっていた。

光は結衣から、雨宮と一緒に以前の家に泊まり、そこから、試験会場に向かうことになることを、メールで知らされていて、横浜の駅まで迎えに来た。

「そろそろかな」

光はそう言うと、携帯電話の画面を見て時間を確かめた。

オレは、携帯を戻すと、視線を新幹線の改札口に戻した。

するると、一月に見た黒い髪にショートカットのまま、変わらない結衣が改札口に向かって歩いてきた。

「結衣」

オレは、改札口を通ろうとしている結衣に、手を振りながら声を掛けた。

「光」

結衣も、改札口を通ると、オレに手を振って来た。

その手を振っている結衣の後ろから、黒い髪の色に少し赤で染めた色に仕立てた、ショートカットの女の子が、結衣に続いて、改札口を通ってきた。

結衣は、オレの前まで来ると、ニコニコと微笑みながら、横にいた雨宮留美をオレに紹介した。

「光、こちらが、あんたが気にしていた留美よ」

オレは結衣に茶化されて、間髪入れずに言った。

「バカ、結衣そんなこと言わなくていいんだよ」

オレと結衣のやりとりを見ていた留美は、クスっと笑いを溢すと、

「どうも、雨宮留美です。光さんと結衣さんて、仲がいいんですね」

と、言って、体の三分の一位の大きさのバックを、軽々と肩に掛けたまま、光に挨拶をした。

目の前で挨拶をして来たときに、オレは咄嗟に、

「青山光です。よろしく。」

と、言って、改めて挨拶をした。

彼女の姿を観て、身長はオレよりもちょっと低い位で、百六十五センチから百六十八センチ位かな、でも、あれだけ重そうなバックを軽々と持っているなんて、結構、力が有るのだな。

と、心の中で思った。

彼女を観ていたオレに、結衣が、

「留美はね、陸上をやっていて、結構体力とかあるのよ」

「へぇー陸上か」

「陸上は、やっていましたが、結構好きな時に出て、疲れている時は出ないという幽霊部員的な存在だったもので、大会とかには、出たことはありません」

「まぁ、ここでずっと立ち話もなんだし、三人でゆっくりと話もしたいから、速く家に往こう」

そういうと、結衣は、光と留美の手を引っ張るようにして、走りだした。

「結衣」

結衣のこういう思いたったらなんとやらというところは、昔から相変わらずだな。オレは、心の中でそうつぶやいた。

三人は川崎の駅前まできた。

駅の近くにあるスーパーの前まで来ると、光は立ち止まった。

「なぁ。結衣は、今日夕飯どうするんだ?」

「そうねぇ…」

「もしよかったら、今日、オレと麗しかいないから、結衣の家に荷物おいたら、家でご飯食べないか」

「いいわね」

「でも誰が作るんです？」

と、言って留美が光の顔を見て、訊ねた。

「実は昨日のカレーが五人分程残っていて、後は、オレがスーパーで買って来ることになっているんだ」

「なんだ、じゃあ、私も一緒にスーパーによって食べたいもの択ぶわ。留美は、なに食べたい？」

「私は特に何も…。一緒に食べられればなんでもいいです」

そういうと、三人は、スーパーの中に入っていった。

スーパーの中に入ると、飲料の冷ケースコーナーで五百ミリリットルのペットボトルに入ったお茶を買おうとしている、中西がいた。

オレは手を挙げて、中西を呼んだ。

「よぉ、中西」

「青山か」

そう言うと、ペットボトルを持ったまま、声を掛けてきた光に振り向いた。

中西は、オレの後ろにいた結衣に気が付き、ペットボトルを持った手とは逆の手で、結衣を指差しながら、

「あれ、たしかそっちは…」

と、言って、頭をひねった。

結衣も、中西に気が付くと、オレの横に来て挨拶をした。

「岡村結衣です。久しぶり」

中西は、結衣の名前を聴くと、思い出したと、言う顔をして、

「そうだ。転校した岡村だよ」

と、言った。

「今日は、明日の試験の関係で戻ってきたのよ」

「あぁ、明日の大学の試験か。あれ、そういえば、まだ、そちらは見たことない人だけど？」

「あ、すみません。試験を受けに新潟から結衣と来た雨宮留美です」

留美は、中西に頭を下げて、挨拶をした。

「どうも、中西豊です。」

中西は、結衣と留美から話を聴いて、納得した。

「そうか、岡村の知り合いか」

オレは、目の前にいる中西。横にいる結衣。そして、オレと結衣の後ろにいる雨宮さんをみてから、

「そういえば…ここにいる4人て、みんな同じ大学を受けるんじゃないか」

結衣もオレと同じように、周りを確かめた。

「そういえばそうね」

「まぁ、オレと結衣、雨宮さんはパイロットを目指して航空操縦学専攻を目指しているのだけど、中西はパイロットじゃなくて、飛行機を作る技師になるために、機械工学を目指しているんだよな」

「あぁ」

「スゴイ偶然ですね」

話は弾み、それぞれが、話したいことを話すような形になり始めていた。

オレ達は、買い物が済みスーパーを出ると、家に向かう途中、四人が四人とも、速く大学に合格して、四人で会いたいという気持ちでいっぱいだった。

6

三月の大学合格発表の日。

大学からオレのところに、第二次選考合格通知が届いた。

オレはその合格通知書が届くと、この上ない程、喜びまわった。

「わぁ」

その喜びのあまり、階段を踏み外しそうになった。

「危なかった。ここでケガなんかしたらシャレにもならないな」

と、言って、つぶやいた。

麗はオレのそんな踏み外しそうになった後ろ姿を、クスクスと笑いながら、そっと観ていた。

「大学合格おめでとう。光お兄ちゃん、これで結衣さんと、また毎日会えるようになるわね」

と、言って麗は微笑んでくれた。

「ありがとう」

オレは階段の上に振り替えると、精一杯の笑顔で、麗にお礼を言った。

「あれ？麗。おまえ、なんで結衣が合格したって知っているんだ？」

オレは麗を見上げるように階段の上にいる麗に訊ねた。

「今、結衣さんから電話が来たの」

「結衣から？」

「うん、結衣さんね。光おにぃちゃんが、舞い上がってケガをしないように注意しといてだって」

麗は、再び、クスクスと笑いを溢した。

「一歩、遅かったのかな」

「………」

「でも、さすが結衣さん。よく光兄ちゃんの性格を理解しているね。まぁ、ケガはしなかったし、間にあったたってことね」

オレは、少しムッときて、

「うるさいな、余計なお世話だ」

と、麗にいって、恥ずかしさと悔しさのあまり、急いで階段を下りた。

確かに舞い上がったのは事実だが、麗と結衣にからかわれ、オレはふてくされていた。

ふてくされたまま家を出ると、しばらく一人でどこをどうでもなく、目的地のないまま、浮かれている気持ちなどをいろいろ抑えるため、ただ、ただ歩いていた。

オレは街の中を歩いていると、ふと公園の中で卒業した高校の担任だった、吉村先生が家族で遊んでいたのを見つけた。

「吉村先生」

吉村は、一緒に遊んでいた子供から光に視線を移した。

「おお、青山か」

「そうだ、吉村先生。オレ受かりましたよ。大学」

「そうか受かったか。青山おめでとう」

吉村先生は、担任になった一年の時から、よくオレの事を理解してくれていて、オレが将来パイロットを目指していると言う事も知っていた。

「そういえば、青山と仲の良かった岡村も、同じ大学に行くのだったのだよな」

「はい、結衣も受かったそうです」

「そうか、また一緒か。よかったな」

吉村先生は、満面の笑顔で、オレと結衣の合格を喜んでくれた。


三十分後。オレは吉村先生と別れて、家に戻ることにした。吉村先生と話した後は、自分が今までふてくされていた事などは、すっかり忘れていた。

麗も何処かに出かけたらしく、家の中には誰もいなかった。オレは部屋に戻ると、吉村先生と話していた最中にメールが来たことを思い出し、ズボンの中から携帯を取り出して、メールを確かめた。メールをして来たのは結衣だった。

オレは結衣から送られてきたメールの内容を確認した。

「光、合格おめでとう、留美も合格したって、連絡あったよ。また一緒にそっちでよろしくね」

メールは簡単な文面で書かれていた。

へぇ、雨宮さんも合格したのだ。こっちこそよろしく。オレは、心の中でそうつぶやくと、再び、携帯電話が鳴り始めた。

画面には、中西豊と、表示されていた。

「はい、青山」

「青山か、オレ合格できたぞ」

と、いつもの陽気な声に、よりいっそう、拍車をかけたような陽気な声で、話し掛けてきた。

中西から聞くと光の中にも、大学に受かったという喜びが、再び浮かび揚がってきて中西に話した。

「あぁ、オレにも受かったって通知が来たぞ」

「そうかよかったな」

と、言って、中西も光が合格したことを喜んだ。

「結衣や留美さんも合格できたって、メールが来たぞ」

「へぇ、よかったじゃん」

「まぁ、中西とは、学科は違うけど、同じ大学なら、またそれなりに会う機会も多いはずだよな」

「そうだな」

「また、よろしくな」

「よろしく」

オレは、中西が電話を切るのを確認して、携帯を机の上に置いた。

少しベッドの上で寝っ転がっていると、家のインターホンが鳴った。

今、麗も出かけていて家には、オレしかいない。仕方なくシブシブと、階段を下りて玄関に出迎えに行った。

「はい」

と、いって、オレはインターホンを押した人を確認した。

インターホンを押した人物は結衣だった。

オレは、驚きを隠せないまま、ドアを開けた。

「結衣！なんで、お前がここにいるんだよ？」

結衣は、少しムスっとした顔で、問いかけに答えた。

「ここに戻って来たからいるのじゃない」

オレは、結衣が新潟から川崎に来ている事を、不思議に思って訊ねた。

「ここに戻って来たからって、今、川崎にいるってことは、合格通知が届く前にもう新潟を出て、こっちに向っていたって事か！」

「そうだよ」

結衣はムスッとしていた顔から変わって、ニッコリと笑いながら言った。

「そうだよって、結衣…そういえば、結衣はどうやって、大学に合格したのを知ったんだ？」

「決まっているじゃない、私、留美からも頼まれていてさ、直接、大学に合格発表見に行って来たのよ」

と、言って、結衣は、自分の番号と一緒に留美から預かった受験番号を見せた。

「すると、麗にメールを送った時って…」

「そう、麗ちゃんにメール送った時は、大学から送ったのよ」

「じゃあ、もしかして、オレにメールを送った時って…」

「ええ、自分の家から送ったの」

「合格したら、結衣がまた、こっちで暮らすっていうのは、聴いてはいたけど、まさか、合格を知る前に来るとは思ってもいなかったよ」

オレは、サプライズが好きな結衣の事だから、いきなり連絡する前に、こっちに来るという事は多少は想像していた。だが、まさか合格を知る前に新潟を出てくるとは、思いもよらなかった。

「じゃあ、光は私が落ちると思っていたの?」

結衣は、顔膨らませて言う。

「そうは、想わないけど…」

光はぽつりと、言う。

「じゃあ、いいじゃない。でも、おかしいな？」

結衣はそう言うと首をひねった。

「おかしいって何が？」

と、オレは言って、突っ込むように結衣に聴いた。

「麗ちゃんには、今日、私が川崎に来た事を、伝えておいたはずなんだけど…」

それを聴いて、オレは、確信した。

「そういえば、麗があの時笑っていたのは、オレの合格を喜んで落ちそうになった姿を観たからだけじゃなくて、結衣が来ているのをオレに黙っていて、驚かせようとしたからなんだな。あいつ、オレを驚かすところが、最近結衣に似てきたな」

と、オレは、心の中でつぶやいた。

「どうしたの」

結衣は、オレの姿を観て言う。

「いや、なんでもない。そうだ、じゃあ、もしかして今日から、新潟からこっちに戻ってくるのか?」

「そう。さっき、家に着いた時、お母さんにまとめておいた荷物を送ってねって、電話でお願いしたの」

「そっか。まぁ、立ち話もなんだし、どうぞ」

光は、そういうと、玄関の脇に用意してあった、お客様用のスリッパを結衣の前に揃えておいた。

「おじゃまします。って、光しかいないんだっけ」

と、言って、結衣は靴を脱ぐと、光が並べてくれたスリッパに結衣は履き替えて上がった。

オレと結衣は二階の部屋にゆっくりと、上がって行った。

二階の自分の部屋で、オレと結衣はベッドに寄りかかりながら、二人でしばらく楽しく話をしていた。

楽しく結衣と話をしていると、以前、オレが結衣と留美さんとの事で激しく嫉妬していた時の話を、結衣の方からして来た。

「あの時、私の事で嫉妬したでしょう」

結衣はいつものオレをからかう調子で言った。

オレは、留美さんと結衣に対して思っていた事を素直に話した。

「確かに、麗からも結衣の新しい友達が男だったら結衣が奪われちゃうなんて、言われて、確かにあの時は、結衣と留美さんの事で嫉妬もあるけど、心配もしていたな」

フフッと笑いながら、

「へぇー。麗ちゃん、そんなこと言っていたんだ」

と、結衣は言った。

「うるさいな」

オレは照れ隠しに、結衣から視線を窓の外に顔を反らした。窓の外には青空の中を飛行機が飛んでいた。

「でもね、私そんなに軽い女じゃないけど、強い女でもないよ」

結衣の口からその言葉を聞くと、オレは、

「え？」

と、言って、結衣に視線を戻した。

結衣の顔は、さっきのオレを茶化していたときの顔と違って、眼に涙を浮かべて、今にも泣き出しそうだった。

オレは、以前結衣のお父さんが亡くなった時と、今の結衣が同じ眼をしている事に気がついた。

「光がいたから。大好きな光がずっと私の事を支えてくれたから。だから、これまで頑張って来れたんだよ」

我慢出来なくなったのか、結衣の眼から涙が溢れ出し、頬を伝っていく。

「結衣…」

オレと結衣はお互いの顔を見詰めあう。

結衣は眼を閉じると、オレの唇にそっと、自分の唇を重ねてきた。

合わせた唇から結衣の涙が入ってくる。その涙には、結衣が必死に辛さと切なさを我慢していると感じさせる涙の味がした。

そのまま、二人の間の時間が止まったようにオレと結衣は、唇を合わせたまま動かなかった。

7

大学の入学式の日。

春とは言っても、まだまだ、ポカポカした暖かさというよりは、少し肌寒さを感じる四月。

大学の中で光、結衣、留美の三人は制服を着て記念撮影をしていた。

女性だったはずの光が、男性になったのは去年の七月十三日の自分の誕生日。

あの不思議な出来事が起こり、鏡の中に引きこまれて男性に生まれ変わった。あれから、もう、半年以上が経った。

オレは、もう自分が女だと考える事すら忘れて、結衣とはキスをするまでの中になっていた。

記念撮影が終了すると、結衣は光に言った。

「ねぇ、光。私さ、形苦しいあいさつとか続いて、疲れちゃった」

と、言って、結衣は、首を廻したり、肩に手を当てて揉んだりして、疲れを取ろうとしていた。

「あぁ、オレも入学式っていうのは、嬉しいのもあるけど、やっぱり、形苦しくて疲れるな」

光も、首を回転させたり、手を握り締め肩をトントンと叩いたりして、疲れを少しでも無くそうとした。

「そんなに疲れました？」

留美は、光と結衣の動作を観て、訊ねた。

「疲れましたどころじゃないわよ」

結衣は、疲れているというのが、顔から直ぐに窺える表情で言った。

「留美は、疲れなかったの？」

結衣は別に疲れていないというような顔をしている留美に訊ねた。

「それは、疲れていないと言えば、ウソになりますけど、でも、私は、この入学式も楽しみにしていたから」

と、言って、留美は微笑んだ。

留美の答えを聴いた結衣は、

「まぁ、確かに、疲れは少しすれば取れるけど、楽しみにはしていたことは、ずっと心に残るかな」

と、言った。

「確かに、そうかな」

結衣に続いて、光も答えた。

「中西君は、どうしたの？式が終わったら、四人だけで一緒に記念撮影する手はずになっていたんだけど」

結衣は辺りをキョロキョロと見渡して言った。

「そうだな。ちょっと、連絡してみるか」

オレは、そう言うと、携帯を取り出すと、中西に電話を掛けた。

「はい、中西」

「中西。式が終わったら集まるはずだっただろ」

「悪い、ちょっと、緊張していてさ。式が終わった後、ちょっとトイレに行って来たんだよ。すぐに行くから、今いる場所を教えてくれ」

「わかった」

光は、中西に場所を教えて電話を切った。

中西を待っている時、ふと結衣が空を見上げて、つぶやいた。

「ねぇ、パイロットにとって一番の敵って自然だって聴いたけど。やっぱり操縦するのは、自然に大きく左右されるのかしら?」

「そうだな、風の影響を受けるのも有るけど、積乱雲の中に入るのは、雷と風のダブルパンチを受けるようなものだそうだ。それは、パイロットとして機内のお客を危険にさらす自殺行為に等しいなんて聴いたことがあるな」

光は、結衣と同じように空を見上げて言った。

「確かに、アニメや特撮物の映画とかには、雲の中に入って、激しい雷の中を進んで、機体が分解するなんてシーンがよくありますけど、そんな事をしたら、生きていられるのかも分からないですよね」

留美もうなずきながら、言った。

「ねぇ、留美。来年アメリカに、約十五ヶ月位私たちが留学する為の条件っていったら、なんだったっけ」

「えーと確か、英語力ＴＯＥＦＬ（Ｒ）で、一定の水準を超えた点数がまず必要なんですよね」

「そうそう、まぁ、そっちの方は今の時点でどうにでもなるくらいには、もうなっているはずよね」

結衣は、顔からも窺えるほど、自信を持って言った。

「それに、航空無線通信士の資格ですよね」

留美は答えた。

「そうだね、他に必要だったのは、事業用操縦士と計器飛行証明の学科試験に合格することかな」

残りの留学する為の条件を思い出して、光が言う。

「そうね、その位だったよね。後は、大学の基準の値がクリアできていれば、普通なら二年の前半の第三セメスターの時に、アメリカに留学できるはずなのよね」

と、結衣が、言った。

「そうだな」

「そうですね」

と、言って、光と留美はうなずいた。

「それにしても、中西君遅いわね」

結衣がつぶやくと、息を切らしながら、中西が走ってきた。

「悪い、悪い」

「中西遅いぞ」

と、オレは言った。

「悪い、来る途中で、ちょっとお腹が空いたから。焼きそば買って来たんだ。みんなの分も買って来たぞ」

中西は、手に抱えていた袋から焼きそばを取り出して、渡していった。

「どうも」

「ありがとうございます」

と、言って、光と留美は、お礼を言った。

「中西君それは、どうも。でもさ、食事よりも先に記念撮影しない。食べた後って、結構眠くなったりするからさ」

と、結衣は、少し怒った口調で言う。

「あ、撮影するの、忘れていた」

「そういえば、そうでしたね」

「じゃあ、さっさと、撮って食べるとしようか」

と、三人は言う。

三人の記念撮影をするよりも、既に食べる事に頭がいっていたという反応を観て、結衣は、ため息を吐いた。

四人で記念撮影をした後、広場でベンチに座って焼きそばを食べていた。

「あ、あの。そういえば、雨宮さんはオレや青山、岡村と違って、新潟から来たのだから寮から通っているんですよね」

と、言って中西は、少し留美と話すのが恥ずかしいとも、話しづらいとも取れる感じで、留美に訊ねた。

光はうっかりしていたという顔で、言った。

「そうだ、中西にまだ話していなかった」

「あの…私、東京や神奈川に親戚とかっていないから、確かに学生寮から通う事になっていたのですが…」

「あぁ、中西君。実はね、私のお母さんが『それじゃぁ、お金かかり過ぎる』って言って、留美に私が遊びまわらない様に、って、お目付け役を兼ねて、私の家で一緒に住んで貰っているのよ」

結衣は、話しづらそうな留美に代わって、留美が自分の家で、一緒に暮らしている事を中西に話した。

「えぇ！」

結衣と一緒に暮らしていると聴いて、中西は驚いた。

留美は、結衣の言葉を引き取るように、中西に話した。

「はい。実は先週から、結衣さんの家で一緒に暮らしています」

「そうだったんですか」

「そう。結構、オレの家に夕飯食べに来るよな。留美さんと結衣」

と、言って、光は笑っていた。

「なに、その言い方、ちゃんと、食事の手伝いだってしているし、材料だって持って行っているじゃない」

と、いって、結衣は頬を膨らませて怒った。

怒っている結衣は、そのままにして、オレは、中西に話した。

「大学が始まるまで、暇だからこの一週間、よく三人でオレの家に集まって、話をしたりしていたのだよ」

「へぇ、いいなぁ。三人も同じ教科を学ぶ人がいるなら、解らない処をカバーしやすいよな」

と、中西は言う。

「まぁ、感覚とかで覚えるやつじゃなきゃ、結構助かるかな」

光は、答えた。

「そうね」

「なんだったら。教科は、違うけど、中西も休みの日とか来れば」

「そうだな、その時はよろしく」

と、言って中西は答えると、そのまま黙って、何かを考えていた。


「なぁ、青山」

結衣と留美が先に帰った後、いつもの陽気な中西とは思えない程、小声で、光に話しかけて来た。

「なんだ、」

「留美さんてさ。なんか雰囲気がいいよな」

「え？」

「だからさ。なんか、あの大人しい雰囲気がいいよな」

「中西。おまえ、留美さんに惚れたな」

と、オレは、中西の顔を観て言った。

「うっせぇな。ちょっと、いいなと思っただけだよ」

中西は、恥ずかしがって、オレに背を向けた。

確かに陸上をやっていたという事を聴いていなければ、留美さんは、物静かな雰囲気を感じさせるのかもしれない。しかし、中西が留美さんを好きになるとは、想ってもみなかった。


家に帰ると今日は入学の日という事も有り、家族がみんな揃っていた。みんなで、お祝いをしてくれた。

そして、その中には結衣と留美さんも一緒に居た。

二人は、新潟に家族が居るため、家族でお祝いが出来ない事もあり、一緒にお祝いすることになった。

結衣は、そのお祝いで家に来るのを最初は嫌がった。さっきのオレが言ったことで、機嫌を損ねたらしかった。

だが家に来てからは、直ぐに機嫌がよくなった。そういうところは、さっぱりした性格で、取り柄の一つとも取れる性格だった。

「おめでとう」

と、言って、ジュースやビールを入れたグラスをみんなで上に持ち上げて、ピンと、音をたてて、お祝いが始まった。

父さんと母さんはまるで、自分の事の様に二人で燥いで喜んでいた。

しばらくみんなで楽しく会話を交わしながら、食事をしていた。

オレは、そっと窓のそばに寄り、窓から、外を眺めた。

「未来のパイロット三人が出航する為の記念の日に乾杯」

と、麗は外を眺めているオレの後ろから、言った。

オレは、麗に振り返って、

「まだ、速いだろ。ありがとう」

と、言って、オレは麗のグラスに自分のグラスを当てた。グラスとグラスがぶつかり、静かにピィンと音を立てた。

「お兄ちゃん、なんか留美さんて、以前の結衣さんみたいな感じがするよね」

麗は、留美と結衣を指差して、オレに小声で話した。

「そうか?そんなに似ているとは思えないけど…」

「性格は違う感じがするけど、何処か、雰囲気が似ている気がするの」

「………」

「二人で、何の話をしているの」

結衣が、窓の側で話していたオレと麗が気になったのか声を掛けてきた。

「留美さんと結衣さんの話を、お兄ちゃんとしていたの」

「私と留美の?」

「麗が言ったんだ。二人が何となく似ているって…」

結衣と留美は、お互いの顔を見合って、一緒に笑った。

「どこが、似ているの」

「そうですよ」

「そうだよな。どこが似ているのだよって、オレも思ったんだよ」

オレはそう答えたが、心の中では、確かに似ていると想った。

最近の女性は強くて、男性の力なんか無くたって、一人でも生きていけるというような雰囲気を感じさせる女性が増えた。

麗が言った通り、二人の性格は違う。でも雰囲気が似ていると言われたら、確かに結衣と同じように支えていないと、折れてしまいそうな雰囲気を、どこか留美さんからもオレは感じた。

8

光達は、大学の第一と第二セメスターの間の休みを利用して四人で、静岡県の伊豆に泊まりがけで来ていた。

伊豆には、中西の親戚が経営する海の家が有った。

四人がその海の家に往くきっかけは、中西の口から切り出された。

「なぁ、オレの親戚が、伊豆で海の家の経営しているんだけど。人手が足りないらしいんだ。一週間でいいんだけど。手伝ってくれないかな」

中西に誘われると、特に予定の無い光は直ぐに答えた。

「まぁ、オレは、一週間だけなら、別にいいけど」

「光が、行くのなら、楽しそうだし私も行く」

と、光に続いて結衣も直ぐに返事をした。

「あいかわらず、仲がいいねぇ」

と、言って中西は、からかってきた。

「あたしは、ちょっと…」

と、言って、留美は困ったような表情をしていた。

「いいじゃない、新潟に戻るのは、一週間やそこら、遅らせたって。もっと、留美も一緒に楽しもうよ」

と、結衣は、留美を誘った。

留美は少しためらっていたが、

「…そうですね」

と、うなずいた。

中西に誘われ、四人は、中西の親戚が経営する伊豆の海の家を手伝いながら、夏を楽しむことにした。

海の家に到着する前に、光だけは、中西から三人を誘った本当の理由を前もって聴かされていた。

中西が手伝いに誘われたのは事実だったが、海の家の手伝いというのは建前で。本当は、中西が、留美さんともっと仲良くなる為のきっかけを、ここにいるときに作りたいということらしい。

海の家に着くなり、光と結衣は海の家の中で、Tシャツに短パン姿といった格好で働き始めた。

お客の注文を受けたり、かき氷や焼きそばなどの食事を運んだりと、忙しく動き回っていた。

「三番テーブルのお客様。焼きそば三つとカレーライス二つ。それからビールが二つとオレンジジュースが三つです」

と、注文を受けてきた、結衣が言った。

「あいよ」

結衣から、注文を聴いた中西の叔父の中西俊夫が、焼きそばを作りながら答えると、

「はい、これ、六番のテーブルのお客様に持って行って」

俊夫はそういうと、結衣に六番テーブルのお客様が注文したメニューのカレーライス四つを渡した。

「わかりました」

結衣は、カレーライス四つを六番テーブルに運び始めた。

途中で光がテーブルの上を片付けている時に、

「早く交替して泳ぎに行きたいわね」

と、光に擦れ違いざまに、小声でつぶやいた。

「思っていたよりも大変だな」

と、光も同じように小声でつぶやいた。


その頃中西は周りの人が危なくならないよう監視員のアルバイトをやっていた。

「ハァー」

中西は麦わら帽子をかぶって監視塔の上でため息をはいた。

確かに、二人で行動できる時間も在るが、中西が想像していた二人だけという事ではなく、それは海の家の手伝いをしている時間か、もしくは、交代した時のわずかな休憩時間の時だけだった。

「留美さんと二人だけで海を楽しめる時間がもっと出来ればよかったな」

と、中西の口から漏れた。

「まぁ。こっちもそれなりに海を楽しめるか」

と、言って、双眼鏡を使って海で危険な行為をしようとしている人がいないか確かめたりしていた。時々、遠くから観たのでは判らないが、中西はヘラヘラとした顔をしながら、水着姿の女性も眺めていた。


三人がアルバイトをしている時、留美は休み時間を騒がしいビーチの中を一人で歩いていた。

人は多かったが、カップル、家族連れなどが多くて、一人でビーチを歩いている人は、ほとんど居なかった。

しばらく、歩いて疲れたのか留美は、ビーチと海の家の間の人気が少ないところにポツンと座った。

留美のその姿は、何処か物寂しげな姿だった。

休んでいると、光が、休み時間の交代に留美に声を掛けてきた。

「留美さん、交代の時間ですよ」

と、オレは休み時間になり、やっと交代して遊べるのが嬉しくて、燥ぎながら、
留美さんを呼びに来た。

光が来ると、留美は、

「わかりました」

と、返事をして、座った時に付いていた砂を掃いながら、立ち上がった。

光は、その場から寂しそうに離れていく留美に話しかけた。

「留美さんは、今好きな人は居ないのですか？」

光は、中西の事を切り出そうと留美に訊ねた。

「昔、中学の頃はいましたけど、今は…」

オレは留美さんからそれを聴いて、

「中西好かったな。まだ、留美さんは、好きな人が居ないらしいぞ」

と、中西に心の中で言った。

「それじゃ、楽しんできてください」

と、留美は微笑みながら言う。

「どうも、夕方になれば、四人で一緒に遊べると思いますよ」

と、オレは、言った。

「えぇ、楽しみにしています」

と、留美は答えて、海の家に向かった。

海の家に向かう留美さんの後ろ姿は、何処か物寂しげで、支えていないと、折れてしまう。そんな雰囲気を漂わせていた。

夕方の十八時になり、日も沈み始め、四人の海の家の初日のアルバイトは、やっと終わった。

「中西。オレ達の他は、誰もいないのかよ」

と、言った。

「そうよ、こんなに、ツキっきりなんて聞いてなかったわよ。これじゃ、日が出ているうちにほとんど遊べないじゃない」

「すまん。来週からはアルバイトも入るらしいけど、この一週間だけは、入ってくれるアルバイトの人が居ないらしいって急にオレも頼まれた事だったんだよ。夕方からは、オレ達が居なくても二人でやれるらしい」

両手を前に出して中西は、詰め寄る光と結衣を抑えようとした。

「大変ですけど、結構楽しいですよ。それに夜の海だってロマンチックでいいじゃないですか」

留美は、中西をフォローするように話した。

オレは、留美さんが中西をフォローしたのを観て、

「そうだよな、夜の海もロマンチックだよな」

と、中西を責めるのを辞めた。

「…わかったわよ」

結衣は、まだ不満が咽喉に引っかかっていたらしいが、我慢した。

「あ、そうだ、花火みんなでやろうと思って持って来たんだけど、どうかな？」

中西は、四人で花火をしないかと勧めた。

「いいわね」

結衣は、花火をすると聴いて、直ぐに不機嫌な表情から、パッとニコニコとした表情に変わって、乗ってきた。

「まぁ、暇つぶしにはいいかな」

「そうだろ」

と、言って中西は、心の中で「助かった」と、つぶやいた。

「ごめんなさい。私、花火はちょっと、好きじゃなくて」

と、留美は言った。

「どうして」

と、結衣は留美に訊ねた。

「花火って、やっている時は、楽しいって感じるんですが、終わった後になんか少し悲しい感じがしてしまって…ごめんなさい。ちょっと私砂浜を歩いてきます」

留美はそうつぶやくと三人と、別行動をとるように砂浜を歩き始めた。

「じゃあ、三人で、楽しみますか」

と、結衣が言った。

「…あぁ」

中西は留美と一緒に楽しもうと思って、持ってきた花火が好きじゃないと言われて、ガックリと肩を落としながら、花火に火をつけ始めた。

結衣は知らなかったが、オレは、中西がなぜ落ち込んだか理由を知っていた。何とか、元気づけてやりたいと想った。

オレは、花火が残り半分くらいになった頃、砂浜を歩いて来ると言った留美さんを捜しに行くことにした。

「ちょっと、トイレに行ってくる」

と、言って、オレは、留美さんを捜しに行った。

砂浜を走って行くと、丁度、先ほど三人で花火をしていた位置からは、ほとんど確認できない位、離れた砂浜にポツンと座って、寂しそうに海を眺めていた。

「留美さん」

「あ、光さん」

声を掛けられて、留美も光に気が付いた。

光は留美のそばに寄ると、留美と同じ様に座って、話しかけた。

「あの、もしかして、花火が嫌いになったのは、中学の頃に付き合っていた人に、関係が有るんですか？」

「…どうしてそう想ったんですか」

「なんとなく、留美さんは、その恋人の人と花火を観に行って何かあって、嫌いになったのかなって思ったもので」

「スゴイですね光さん。ビンゴです」

と、留美は光を褒めた。

「………」

「中学三年の夏休みの時に、その大好きだった男の子と一緒に、花火を観に行きました」

「はい」

「その花火の最中に、思い切ってあたしは、その男の人に好きだって気持ちを告白したんです」

何か覚悟を決めたように留美は口に出して、話してくれた。

「そこで、あたしみたいな活発な女性は、友達としては一緒に居て楽しいけど、一人の女性としては、僕はもっと大人しい感じの人が、好きなんだみたいに言われて、振られてしまって」

「留美さんが活発な女性！」

留美さんが活発な女性と言われてオレは驚いた。

「驚きましたか、以前は、私こんな感じじゃなかったのですよ。もっと活発に動きまわっていましたし、結衣さんよりも騒がしかったですよ。でも、振られてからは、少し自分を変えようと思って…」

そこまで言うと、留美はそのまま口を閉ざす様に黙った。

「それから、花火が嫌いになったんですね」

その話を聴いて、光は、うなずきながら言った。

「……………」

留美は黙ったままうなずいた。

「だったら、その男の子に振られた事を昔のいい思い出にして、これから花火を楽しむようにすればいいじゃないか」

留美さんに元気を出してもらおうと、光は留美をもう一度花火に誘った。

「光さんが私の恋人になってくれるんですか？」

「え…あの…」

オレは、留美さんに考えてもいなかった事を言われて、一瞬、返事に困った。

「冗談ですよ。光さんには、結衣さんが居ますもんね」

留美は、ニコニコと笑いながら言った。

オレは、「中西なんか、どうですか」と心の中で留美さんに言おうとした。だが、オレから中西を進めるのではなくて、中西から、留美さんを誘わないと、意味がないと思い、話すのをやめた。

「そうですよね。昔は昔。今を楽しむようにしないといけませんよね」

留美は微笑みながら言う。

「そうですよ」

光は、元気を取り戻した留美を観て安心した。

結衣は、そんな光と留美のやりとりを遠くから眺めていた。

9

時の経つのが早く感じるようになったのか。それとも、楽しい時間はあっという間に、過ぎさるのか。光はもう二年生になった。

オレと結衣は、留美さん、そして中西と一緒に、クリスマスパーティや初詣などを一緒に行動するなど度々したが、中西と留美さんの中が今以上に深まっているようには見えなかった。

ふと光は、中西と結衣が居ない時に、大学の中で留美に訊ねた。

その訊ねた内容は、以前四人でアルバイトに行った時に、留美に砂浜で話してもらった中学の時に好きになったという男性についてだ。

「以前、留美さんから聴いた話の事なのですが。中学の時に留美さんが好きになった人ってどんな人でしたか」

「え、なぜそんな事聴くのですか」

「いや、あの…」

光は、中西が留美の事を好きだから、どんな人を好きになったのか知りたかった。とは言えず、次の言葉に困ってしまった。

留美は、言葉に困っている光を観ながら答えた。

「…そうですね。どんな人だったかと聴かれたら。今の光さんに好く似た感じの人でしたよ」

「オレに、ですか…」

留美から自分に似た人が好きだったと聴いて、光は驚いた。

「はい。光さんと見た目は全然似ていませんでしたが、内面的には、よく似た感じの人でした」

「………」

オレは、留美さんが好きだった人がどんな人だったかを聴いて、中西をフォローしようとした。だが中西にオレに似た人が好きだったらしいとは話せないため、それ以上留美さんに聴けなかった。

約十四ヶ月アメリカの大学に留学する最初のAグループメンバーが決まった。

そのメンバーの中にオレと留美さんも選ばれた。

結衣は最初のAグループに選ばれなかった事を凄まじい剣幕で悔しがった。

「どうして、私も一緒にいけないのよ。ちゃんと試験も受かっていたし、資格も取っていたのに。留学する条件は私もクリア出来ているはずなのに。どうせなら、私も一緒のメンバーにしてくれればいいのに。向こうに行ったら、メールの料金や電話代だってバカにならなくって、手紙ぐらいしか連絡する方法ないじゃない」

「………」

光は、結衣が凄まじく悔しがる姿を観て、一瞬、言葉を出すタイミングを失ってしまった。

「こんなに悔しいって思うなんて」

「でも半年もしないうちに、結衣だってBグループで来れるじゃないか」

「そんな事を怒っているんじゃないの。卒業するまでの間に結果的に十ヶ月近くも光と会えない時間ができるのが悔しいのよ」

「…結衣」

「それに、最近ほかにも心配な事があって…」

結衣は、小さな声で言った。

「心配な事？」

光は不思議そうな顔で、結衣を観た。

「うん」

結衣は、さらに聞き取りづらい声で言った。

「なんだ、何か難しい科目でもあるのか？」

「そんなんじゃない。ただ…」

結衣は、意味有り気にそのまま口ごもった。

「なんだ？オレにも相談出来ないような事なのか？」

「あなただから話せないのよ」

結衣は、少し怒るように、強く言って答えた。

「オレだから？」

結衣は首を横に振って、改めて、

「ううん、なんでもない。気にしないで」

と、言った。

結衣の反応を観て、今更気にしないでと言われても、もう無理だった。

「気を付けてね。私も我慢するから」

「…あぁ」

オレは、今すぐにも、結衣に訊ねたかった。だが、訊いたところで、「あなただから話せない」などと言われたら、教えてくれない事もわかっていた。


光と留美がＡグループのメンバーとしてアメリカに留学してから、もう一ヶ月が過ぎようとしていた。

一ヶ月経ったが、結衣のあの言葉がオレの胸の内に引っかかったままだった。

次の日は、光と留美のファーストソロ（初単独飛行）が決まり、天気も晴天という事を確認していた。

いつもは、ほとんど自炊している事が多いが、今日は、翌日の初飛行が決まった他のメンバーと盛り上がりながら一緒に、オレは学生会館で食事をしていた。

食事が終わると、オレは、次の日に飛ぶ大空を眺めに外に出た。

外に出ると、既に日は落ちていて、見渡す限りのキレイな星空が、視界の中に広がっていた。

「よーし、明日は、初フライトだ」

と、言って、いよいよ初飛行ができる事で、その時だけは、結衣の言ったことも、一時的に忘れさせてくれるほどだった。オレは初めて自分で操縦して空を飛べるという事で、気持ちが高揚していた。

しばらく夜空を眺めてから、オレはアパートに戻ることにした。するとオレと同じように星空を眺めに誰かが来た。

暗がりで、顔はよく見えなかったが、最近見慣れた人のシルエットだった。

近づいてきたその人の顔を観ると、留美さんだった。

「どうも留美さん、こんばんは。留美さんも、明日の初フライトが楽しみだから、気持ちが高揚しているのですか」

と、言って、光は陽気な声で、留美に話しかけた。

しかし留美は、沈んだ感じで、

「そうですね、確かに。でも…」

元気のない留美を観て、光は、心配になって聴いた。

「でも…どうしたのです？」

「確かに、初フライトで空を飛ぶ事ができるので、楽しみという気持ちもあります。でも、それ以上に重圧で押しつぶされる様で怖いんです。私…」

彼女は、そういうと、オレの胸に、両腕を置くようして、密着してきた。

オレの胸に両手を置くようにしている事で、彼女が、どれだけ震えているのかが、よくわかった。

「留美さん…」

「助けて。この重圧を取り除いてください」

そう言うと、彼女はいきなり、オレの首に両手を回して勢いよく引き寄せた。

そのまま彼女は、眼を閉じてオレの唇にそっと自分の唇を重ね合わせてきた。

「！」

彼女がして来た突然の出来事に、オレは、驚きを隠せなかった。

唇を重ねてきた彼女は、もう震えてはいなかった。

留美は、光と重ねていた唇をそっと離すと、引き寄せていた両腕を解いて光から離れた。

「どうしたんです。留美さん！」

「………」

留美は無言のまま、光に背を向ける様に後ろを向いた。

「オレと結衣が恋人の関係だって事、留美さん知っているでしょ」

突然の出来事に、光は慌てふためきながら言う。

「もう好きな人を何もしないで失うなんてイヤ」

「え？」

「結衣になんか渡したくない」

と、留美は激しく言って、自分のアパートに戻って行った。

「……………」

オレは、いつもの彼女からは、聴いたこともない激しい口調に驚いた。そして、彼女の口から出た言葉を聞いて、「あなただから話せない」と、言った結衣の言葉を思い出していた。

まさか…結衣が言えなかった事って、留美さんの事だったのじゃ…と、オレは心の中で思った。

アパートに戻った光は、留美との出来事を思い出していた。

人には、別にキス位なら許せるという人もいれば、手を握るのすら絶対許せないという人もいる。

そして、光はどちらかというと、手を握るのすら許せないというわけではないが、イヤだという方に傾く。留美さんからキスをしてきたとはいっても、罪悪感から自分自身が許せないという気持ち。そして結衣と中西に対して申し訳ないという気持ちでいっぱいだった。

初フライトの日。

いよいよ、光が夢にまで待っていた初フライトの時が来た。留美は昨日の震えていたのがウソの様に、気持ちも穏やかにして、決められたルートをすんなりと回ってきた。

逆にオレはというと、他の仲間に「今日は、辞めといたほうがいいのじゃないか」とストップを掛けられそうになった。

確かに、初フライトは大きな失敗をする事無く、決められたルートを飛行する事は出来た。しかし、ブレだけはしなかったものの、フラフラしてしまい今後に課題を残す初フライトになってしまった。

昨日、あれだけ嬉しくて高揚していた気持ちが今では、ウソの様に静まっていた。いや、静まっていたんじゃない。せっかく夢にまで描いていた初フライトができたのに、楽しかったと感じる事が出来ない程、オレの心の中は激しい風が吹き荒れていた。

10

第三セメスターが終わって、Ｂグループのメンバーがアメリカに来た。

結衣とも約五ヶ月ぶりに会うことができる。

オレと留美さんは、結衣から、手紙で事前に
「到着する日に迎えに来てほしいんだけど」

と連絡を貰い、二人で結衣を迎えに行った。

しかし、オレは、留美さんと一緒に結衣を迎えに行くのが、少し後ろめたい気がした。

あの日以来、留美さんは、まるで人が変わったと思うくらい、オレに積極的に話しかけて来て、よく遊びに誘うようになった。

そう、今までのしおらしくて、控えめに見えた彼女がまるでウソだったかのように、うって変わってしまった。積極的でしかも、オレの事を光さんではなく、光

と呼ぶようになった事にオレは驚いていた。

何よりも彼女が変わったのは、髪の色と長さを結衣と同じような黒い髪の色に染め治して、ショートカットにしたことだ。ショートカットにするだけなら、フライトの邪魔にならない為に切ったと納得できる。だが、まさか髪型だけでなく色まで結衣と全く同じにするとは、オレは思わなかった。

そして、オレや留美さんと同じ様に留学しているメンバーからは、オレと留美さんを観ると、

「青山、いいなぁ、こんなに美人な未来の奥さんがいて」

などと、チヤホヤとされるようにさえなっていた。

オレは、嬉しくなんかなかった。それどころか、後ろめたい気持ちが、どんどん脹れあがって大きくなっていった。

到着したBグループのメンバーの中に、黒髪にショートカットの女性を一人見つけた。

もう、五カ月近く逢っていない結衣だ。

「結衣、久しぶり」

オレは、結衣に今できる精一杯の笑顔で、手を振りながら喜んだ。

結衣は、光に気が付くと、手を振りかえして来た。

「久しぶり光」

手を振りながら、結衣が光と留美の側に来た。

「ゴメンね、誕生日一緒にお祝いできなくて。はい、これ。ちょっと遅れた光の誕生日プレゼント」

結衣は、そう言ってオレに誕生日プレゼントを渡してくれた。

「ありがとう結衣」

オレは、結衣にプレゼントのお礼を言った。

留美はその二人の会話を途中で遮断するように
「結衣久しぶり」

と、言って挨拶をしてきた。

「あれ！留美。髪型変えたの！」

結衣は、光の横にいたのが留美と今気が付いた。結衣は留美の変貌ぶりに驚いた。

留美は、自分の髪に手を添えて、滑らせながら、

「驚いた」

と、言った
「うん。一瞬誰かと思った。久しぶり」

と、結衣は答えると、そのまま、

「でも…なんか、あたしの髪型と同じ気がするね…」

と、いって、つぶやいた。

そのまま、三人で、歩きながら積話をした。留美さんは以前とは違って、オレと結衣の仲に遠慮して、少し距離を置いたりすることもせずにいた。それどころか、今では躊躇する事も無くなった。

その時は、オレに手を添えたりこそしなかったが、少し手を伸ばせば、直ぐに

手を繋ぐことが出来る程、オレの側にいた。

そして、会話の中で、結衣が留美に言った。

「留美なんか、すごく雰囲気変わったわよね…」

「そんなことないわよ。ね、光」

留美は光に、親しそうに話しかけた。

「！」

結衣は、留美がファーストネームで親しそうに光に話しかけた留美に驚いた。

「………」

オレは、結衣に言葉を返すことが出来なかった。

「………」

結衣もそのまま、口を閉ざしたように、なにも喋らなかった。

結衣は、五か月前に、日本にいた時の光と留美の雰囲気とは既に違うと、その時、瞬時に感じ取った。

アメリカに結衣が来てからは、留美さんからオレに話しかけ、誘ってくるという事は無くなった。

結衣が来る前までは、後ろめたい気持ちで結衣と顔を会わせにくい気がしたが、結衣と逢ってからは、オレの心の中は一緒に居たいと想う気持ちだけだった。

オレは、結衣が来たことで気持ちが救われた気がした。逆に結衣と留美さんとの会話が、以前とは違い、ドコかギクシャクした感じがした。恐らく結衣自身も感じ取って留美さんに話し掛けづらいからなのだろう。

まだ、初フライトの前日に、留美さんとキスをしてしまった事を、オレは結衣に話せていなかった。


結衣に話すタイミングを、何時にするかオレはうかがっていた。

既に、結衣がアメリカに来てから一ヶ月が経過していた。

オレ達は結衣の初フライトの前日に、三人で食事をしていた。

結衣とは二人で毎日の様に食事をしていたが、三人で一緒に食事をしたのは十日ぶりぐらいだろうか？

食事を一緒にしなくなったのは、ある噂が流れ始めた頃からだった。

その噂は、結衣が来る前までは、仲良く話していた留美と光が近頃合わなくなり、逆に結衣が光によく話していることから、結衣が、光を留美から奪い取ったなどと、噂されるようになっていた。

その話は、違う、結衣とオレとが恋人なのだから、結衣が留美さんから奪ったなどというのは、事実無根のはずなのに、とオレは思った。

話が徐々に膨らんで行き、いつまでも隠すより、余計な心配を掛けない為に、オレはその事を話す日を、明日の結衣の初フライトが終わった後にしようと決心した。

周りには、オレ達と同じように、人がたくさん集まって食事をしていた。

相変わらず、結衣と留美さんは、ギコチなく見えた。

「もう一日我慢だ。結衣が、無事に飛行できたら必ず話すから」

と、オレは心の中でつぶやいた。

しかし、オレが心の中でつぶやくと、同時に、もう流れる噂に我慢しきれなくなったのか、結衣の口から、その言葉は切り出された。

オレにではなく、留美さんの方に問い掛けてきた。

「留美。どういうつもりなのよ」

大きな声を上げて、結衣は席を立ちあがると、バーンとテーブルを激しくたたき、留美を強い視線でキッと睨み付けた。

日本語で喋ったが、どこの国の言語なのかなど、もう関係ないと言うほど周りから一瞬で、注目の的になった。

半年前の留美さんだったら、そんなことは無かったのだろうが、今の彼女は、やられたらやり返すと言うように、激しい眼光で結衣を睨み返した。

結衣と留美は互いを激しく睨み合った。

既に、二人には、オレや周りの人達が、もう見えていないらしい。そして、緊迫した空気を周りの人は感じとっているらしい。

留美は睨み付けるのを崩すと、「フフ」と、笑いを溢して、

「初フライトの前日に、光さんに、キスして貰っちゃった」

と、言った。

留美さんの口から、その言葉が出ると、オレの顔から血の気が失せて、一瞬で青ざめた顔になった。

「………」

結衣は何も言わずに黙っていたが、結衣の眼には、涙が今にも零れ落ちそうになっていた。

結衣の拳には、留美の言葉を必死に堪えるかのように、少しずつ力が加わっていくのがわかる。

「もう、黙って好きな人を失うのはイヤなの。結衣には光を渡したくない」

留美の口からその言葉が出ると、結衣は、留美の頬を右手で強く引っ叩いた。

パァーンと留美の頬が叩かれた音が、食堂の中に、響き渡る。

辺りは、注目していた周りが一瞬でシーンと静まり帰った。

「………」

留美は叩かれた、左の頬を抑えたが、顔は勝ち誇った様にうっすらと笑っていた。

結衣は、そのまま何も言わずに、学生会館を飛び出して行った。

「結衣」

オレは飛び出した結衣を、追いかけて行った。しかし、そのまま飛び出した結衣を見つける事が出来なかった。

いよいよ結衣が、セスナに乗って大空を飛ぶ、初フライトの日が来た。

昨日は結局結衣を見つける事が出来なかった。飛行場でやっと、結衣と会ったが、結衣は、一言も喋らなかった。

何かが大きく変わり始めた。それがなんなのかオレ自身にもよく理解できない。しかし、以前の大学に入学した時の四人の関係とは変わり始めていたのは解った。そして、あの時の関係には、もう戻ることが出来ないのだろうと言うことも…。

11

結衣と留美との間に争い事が起こってから、光は留美とも、そして、結衣とも会話をする事が無くなっていた。

お互いに顔を合わせたら挨拶をするという程度で、既に誰が見ても恋人同士には、全く観えない程の関係になっていた。

もう、あれからまともに結衣と向き合って話をしていない気がする。

オレは、結衣と留美さんが争いあったあの後、留美さんが言ったことが、事実とはすこし違うと、どうしても結衣に、言えなかった。

あの後になにを言っても後の祭りの様に、言い訳としてしか聴いてもらえるはずがないと思ったからだ。

そして、何よりその事を結衣にちゃんと話すきっかけを掴めなかった。

留美さんは、あの後、オレに言い寄ってくるという事は無くなった。

あれから、直ぐに留美さんは、アメリカから戻ったら、結衣の家を出て行き、学生寮に入る事を伝えて来た。そして以前のしおらしく控えめだった性格には、全く見えないほど明るくなり、周りの人とも良く会話をするようになっていた。

逆に結衣は、以前の明るさを失い、人と関わるのを避ける様になっていた。ただ、毎日の与えられた課題と実習を、黙々とこなすだけになっていた。結衣のその姿は一人で孤立しているように見えた。

オレも結衣と同じように一人で孤立してしまったような気がした。この一人だけで居るような寂しさと虚しさはなんだろうか。自分自身を引き裂いて、消してしまいたいと思った事が、あれから何度も有った。

そんな想いのまま、学年も一つ上がって、三学年になっていた。

パイロットを目指していた今のオレにとっての唯一の心の支えは、大空を飛んでいる時だけだった。大空を飛んでいる時は、孤立感から救われ、気持ちが楽になったような気がした。

おそらく、オレと同じなら、結衣も空を飛んでいる時だけは、気持ちが楽になっていたはずだ。

今は、留学期間の締めくくりに乗るパイパーセミノールに乗って、オレはフライトしていた。

パイパーセミノールは、エンジンが左右の翼に一発ずつある双発機で、最初のセスナモデルに比べて、更に高速で高く飛行する事が出来た。

現在のオレの操縦する技術は、以前の様に機体がブレルことなどは、ほとんど無くなり安定した操縦をすることが出来るようになっていた。

そして、この二カ月は、事業用操縦士免許と計器飛行証明を取得する為に多忙だった。

その多忙なおかげで、オレは孤独感から救われ集中して、試験に挑むことが出来た。世に言う忙しい方が、暇よりも言いというのは、こういう事だと感じた。

猛勉強の末。オレは二つの試験に合格することが出来た。

試験が終わると再び、何処か、胸の部分にポッカリと穴が開いてしまったような孤独感が、襲ってきた。

オレは、青空を一人で眺めていた。

「結衣…」

ふと、結衣の名前が口から無意識につぶやいた。

なぜ、こんなに寂しさと虚しさを感じる様になってしまったのだろうか。結衣と話せないことが寂しさと虚しさを感じさせて辛いのか？それとも、今の自分がイヤになって辛いのか。考えても、全く答えが出ないままだった。

このまま、日本に帰っていいのだろうか？この合格したのをきっかけに結衣とちゃんと話した方がいいのか？

悩んだ末、オレは日本に帰る前に結衣を呼び出して、話をすることにした。

あれからオレは、メールも電話も、結衣に対して一度もしなかった。まだメールアドレスは変わっていないだろうか？料金が高かろうが関係ないとにかく結衣と話がしたい。

「これから、結衣と逢って話したいことが在るけど逢える」

と、オレは、なにを話していいか、頭に浮かばず、簡単なメールを送った。

メールは、結衣に届いた。

まだ、結衣のメールアドレスは変わっていなかった。届いたことで、少しオレは安心した。

結衣からのメールの返信は、

「わかりました。今から、行きます」

と、オレと同じように、簡単に書かれていた。

他のメンバーがいる中では、たびたび、会話することが在った。

でも、結衣と二人だけで会話するのは、実に十カ月ぶりだった。

なぜか、緊張する。

以前は、結衣と話すことで緊張するという事は無かったが、今の結衣との関係は既に恋人同士の関係ではなかった。赤の他人とまではいかないが、逢っても挨拶するのすら、気まずい関係というのが、今のオレと結衣の関係らしい。

しばらく待っていると、結衣が来た。

「結衣」

オレは、結衣の姿を観て以前に比べると、どことなく少し痩せたように思えた。

「私に何の用ですか？」

まるで結衣は知らない人に、訊くような口ぶりで光に話してきた。

「！」

オレは、結衣の言葉に驚いた。

そういえば、最近結衣の笑っている姿を観たことが無かった。もう一度気を取り直して、オレは、結衣とちゃんと向き合って話すことにした。

「結衣にちゃんと、聴いてほしいことが在るんだ」

「聴いてほしいことって、なんです」

結衣は、相変わらず警戒しているとも取れる口ぶりだった。

「信じてもらえないかもしれないけど、最後まで聞いてほしい。確かにオレは、留美さんとキスをした」

「………」

結衣は驚きもしないでそのまま、聴いていた。

「それは本当だ。それは謝っても、許してもらえないかもしれない。でも、オレからしたんじゃない」

と、言って結衣に初フライトの前日に留美さんと在った出来事をウソ偽りなく正直に話していった。

オレが話し終わると、結衣は、そのまま口を開いた。

「それで光は、どうしたいの」

結衣の口ぶりは、警戒しているという形から、何処か怒りの感情を感じる口ぶりに代わっていた

「どうしたいのって…」

光は、結衣の言葉に一瞬途惑った。

「以前と同じように、結衣と笑いながら普通に話せる恋人の関係に戻れたらと…」

「なにが在ったのか事情はわかったわ。キスしたのが留美からだったという事も、

私は、光のいう事を信じるわ」

「ありがとう。結衣」

オレは、結衣が信じてくれて安心した。

「でも、今のままじゃ、私は光と付き合えないわ」

と、結衣は答えた。

「なぜ！」

結衣がオレを信じてくれると言って、結衣と以前の関係を取り戻せるとばかり想っていた。しかし、結衣の返事を聴いて驚いた。

「それは、光が考えて」

結衣は、そう言って戻って行った。

「…どうして」

光はその場所でそのまま、しばらく、立ち尽くしていた。


Aグループ留学終了の日。

結衣は空港まで送りに来てくれたが、特に親しい関係には見えない形式的な挨拶だけをして、オレを見送った。

「口も聴けなかった結衣と話ができる様になっただけでも少しは良くなったのかな」

と、オレは心の中で想った。

「自分で考えてか」

飛行機の中で光は、無意識に結衣が言った事を口に出してつぶやいた。


一年以上離れていた日本に久しぶりに戻ってきた。

空港には、麗とお母さんが迎えに来てくれていた。

「ただいま」

オレは、一年以上逢っていなかったお母さんと麗に、久しぶりに声を掛けた。

「おかえり」

と、麗は言った。

「正月くらい戻ってくれれば良かったのに。お帰りなさい」

と、言ってお母さんは一度も帰ってこなかったオレに対する不満をつぶやいた。

「ゴメン」

「どうせ、光の事だから空を飛んでいるのが楽しくて、帰ってくるのなんか忘れていたのでしょう」

「バレたか」

と、オレは母さんに心配を掛けまいと思って咄嗟に答えた。

オレは、真実をお母さんに言えなかった。アメリカで起こった出来事を話すことが怖かったからだ。

横にいた麗はさっきから、挨拶をした後、険しい表情のまま、オレを睨み付けるようにして一言も喋らなかった。

久しぶりに家に戻ると、懐かしさと温かさが、オレの心を覆ってくれるような気がした。

麗は、口を開いて喋りだした。

「お兄ちゃん。結衣さんと何があったの？」

麗はオレに対してド直球で訊ねてきた。

「……………」

「さっきお母さんが楽しくて戻ってくるのを忘れていたって言った時、お兄ちゃんうなずいたけど、あれ絶対ウソでしょ」

と、言うと麗は、

「結衣さんとの事で、向こうでなにかあったから、こっちに戻って来れなかったんでしょう」

麗はまるで全てを知っているように聴いてきた。

「…そうだよ」

光は麗から問い掛けられたことに正直に答えた。

覚悟を決めて、アメリカで起こった出来事を麗に話した。

「……それでお兄ちゃん。その後結衣さんとちゃんと話したの？」

「あぁ、ここに戻ってくる前にちゃんと結衣に話した」

「そう…」

「確かに、結衣とまた話すこともできて、結衣もオレの話を信じてくれたけど…」

「けど…何なの？」

と、麗はオレの顔を覗き込むようにして観てきた。

「そしたら、言われたよ」

「なんて？」

「結衣に『でも、今のままじゃ、私は光と付き合えない』ってはっきり言われたよ。なぜかってオレが聞いたら『その理由は自分で考えて』と言われたよ」

と、光は話した。

「私…結衣さんの気持ちがわかる気がする」

結衣は、オレに背を向けて言った。

「どういう事だ？」

「結衣さんに言われたんでしょ、自分で考えてって。私がお兄ちゃんに教えたんじゃ意味ないじゃない」

麗は、肩を震わせて言うと、オレの部屋を出て行った。

「自分で、考えなきゃダメか…」

と、オレはつぶやいた。

光は、食事の前に気分転換に外に出る事にした。

何が、いけなかったのだろう？オレは理由がわからなかった。

そんな時、オレの目の前に、中西が女性と二人で歩いているのを見つけた。

中西は女性と手を繋ぎながら、二人で楽しそうに歩いていた。

「中西、久しぶりだな」

オレは、楽しそうに喋りながら歩いていた中西に声を掛けた。

中西は足を停めて、オレに声を掛けてきた。

「よう、久しぶりだな、青山。一年半ぶりか？」

「そうだな、その位になるか。それで、そっちの女性は？」

「へへッ、オレと同じ学科で知り合った彼女で、今オレ達デート中さ」

「五十嵐咲です。よろしく」

と、言って、中西から繋いでいた手を放すと。五十嵐咲が、オレに元気な声で挨拶をして来た。

「青山光です。こちらこそ、よろしく」

と、オレは答えると、二人のデートする姿を観て、心の中に在った中西に対しての罪悪感が少しだけ取り払われた気がした。

そして、中西の横にいる彼女を観てふと思った。

「ちょっと、いいか?」

中西を彼女と離して、訊ねた。

「いきなりなんだよ」

デートの最中だったはずなのに、彼女と引き離してまで、オレは中西に訊きたいことがあった。

オレは、小声で訊いた。

「おまえ、以前留美さんみたいな女の人がいいって言ってなかったか？なんか彼女はしおらしいって感じには観えないけど…」

「あぁ、確かにな。オレも留美さんが居なくなって、改めて考えてみたんだ。彼女のどこに引かれたのかを。そしたら、一時の憧れだったみたいだな。昔から、オレどっちかというと活発な子と一緒に居たから少し憧れていただけだったらしいな」

「………」

「もういいか」

「最後に聴いていいか」

デートに戻ろうとする中西にオレは最後にもう一つ訊ねた。

「なんだ」

「中西。今はもう、留美さんと付き合う気が無いのだな」

「あぁ」

中西は、そう答えると、デートに戻った。

「デートを遮る形になって悪かったな。」

と、言うとオレは、二人を見送った。

「中西のやつ、一年半観ない間に結構変わったな。人っていうのは一年半観ないとこうも変わるものなのか。中西が言っていたな。オレも最初から、結衣のどこを好きになったのかもう一度考えてみよう」

オレは、遠ざかって行く二人を観ながら、心の中で思った。

12

光が日本に戻ってから、一カ月が、立った日。

結衣と光の間では、今、恋人同士の付き合いではないものの、手紙で連絡だけは、昔の様に結衣に送るようになっていた。

手紙の内容は、光に友達として送り返してくるといった内容で、恋人同士が送り返す内容ではなかった。いまだに、元の恋人同士の関係に戻る事が出来ない結衣と光だった。

そんな時に光の足がふと向いた先が、結衣と一緒に通っていた学校だった。

校門の前まで来ると、担任の吉村先生が出てきた。

オレは、吉村先生に落ち込みながらも、声を掛けた。

「吉村先生お久しぶりです」

「なんか元気が無いな青山。三年ぶりかな。どうだ大学の方は？」

「はい、パイロットになる為の方は順調です」

「そうか、よかったな」

吉村は、光が上手くやっていることを聴いて、満面の笑みで喜んだ。

「ですが。プライベートの方で乗りそびれたのがありまして…ちょっと吉村先生にお願いがあるんですが」

「お願い？」

吉村は、不思議そうに光を見た。

「はい」

「なんだ？」

「ちょっと、この学校の屋上に行かせて貰えますか」

光は、学校の屋上を見上げて言った。

「青山が？」

と、言うと、吉村も学校の屋上を見上げた。

「まぁ、特に問題もないけど。いったい屋上になんか、何しに行くんだ？」

「ちょっと、自分の気持ちの整理に」

と、オレは答えた。

吉村は、光の表情を窺うと、

「わかった、ちょっとここで待っていてくれ」

と、言った。

光は軽くうなずいた。

吉村先生は、直ぐ来るとオレと一緒に屋上まで上がって行った。

屋上まで来ると、吉村は
「オレはここにいるから」

と、言って入り口で待っていた。

約三年ぶりに、高校の屋上に来ると、青く広がる空が見えた。

光は、この雰囲気を確かめると、高校の休み時間に来ていた時のように、空を眺めながら寝っ転がった。

この場所で空を見上げて寝っ転がっていると、なぜかリラックスできて、心が落ち着いてきた。

「高校の時は、よくここで寝っ転がって結衣と空と飛行機を眺めていたっけな」

と、光がいうと、空に飛行機が飛んで行くのが見えた。

そのまま光は、その場所で、目をつぶり昔の事を思い出していた。

「以前、オレが女だった時は、結衣とは恋人の関係ではなくて、親友として、二人で楽しく話していたんだった。結衣のお父さんが無くなった時。あの結衣の姿を観た頃から、オレは結衣を女として観る様になっていったんだ。それに、オレはあの時、結衣と約束したんだよ。そうだよ、オレは結衣と一緒にパイロットになるって約束したんだよ」

結衣が言いたかったのが、絶対にそうだとは言えないが、オレは何を言いたかったか、少しだけわかった気がした。

「そうだ、結衣の為だけじゃない。パイロットになろうと考えたのは、オレが、大好きな飛行機を自分自身で操縦して、大空を飛びたいと想ったからだ。結衣が好きだからパイロットになったんじゃない。結衣と付き合いたいと想ったのは、結衣と居る事で自分が、幸せだと感じるようになっていたからだ。まずは、初心に帰ってパイロットになることに専念しよう」

この時、オレは、結衣と一緒になりたいという気持ちが在ったが、我慢して、精一杯パイロットになる為に専念しようと想った。

おそらく結衣も、オレとの恋愛の事で心が乱れ、お互いに危険なフライトになるのを避ける為にも、わざとオレに厳しい事を言ったんだ。他の人がこの話を聴いたら、なんて自己中な考えなんだと言われそうな気がしたが、オレには、そう思えた。

そして今は真剣にパイロットになる事に専念すると言い聞かせて、付き合えないといったのだと思う。そうだよ、心が乱れて、危険なフライトをするようなパイロットは、パイロットじゃない。とにかく、今は、パイロットになる事だけを心がけ、二人でちゃんとパイロットになれた時に、まだ二人の気持ちが同じだったら、もう一度結衣に付き合えるように話をしてみよう。

オレは、立ちあがると、吉村先生の処まで歩いて行った。

吉村先生は、オレの顔を見るなり、

「解決したみたいだな」

と、言った。

「はい、ありがとうございました。自分の気持ちを取り戻せました。オレは必ず素晴らしいパイロットになって大空を飛び廻ってみせます」

光は、吉村に頭を下げてお礼を言った。

「そうか、頑張れよ」

「はい」

と、答えると、光は吉村に笑顔で答えた。

高校の時に担任だった吉村先生と別れてから校門を出ると、オレは思った。心から笑顔を作れるようになったのは、どれ位ぶりだろう?アメリカで留美さんとのことが遭ってから、もうずいぶん永い時間、自分自身、本当の笑顔を作ることが出来なかった気がする。

最近では、はたから見ても作り笑いと感じとれるような笑顔しか出来なかった気がしたが、やっと普通に笑う事が出来た。

オレは、その場で、料金の事も考えずに、結衣にメールを送った。

メールに書いた言葉は、

「二人でパイロットになろうと」

と、だけ簡単に書いて送った。

結衣に「二人でパイロットになろう」とメールを送ってから、光は自分の家に戻ったが、結衣から返事は帰ってこなかった。

光が家の中に戻ると、家の中から何かを焼く音と香りがしてきた。

オレが台所に行くと、お母さんと麗が一緒に餃子を作っていた。

お母さんは粉から餃子の皮をこねて作っていた。麗はその皮の中に食材を起用に包んでいた。

「お帰り」

「お兄ちゃんお帰り、今日は餃子だよ」

と、言って麗は、餃子を持ちながら振り返った。

「へぇ、餃子か」

オレは二人が作っている餃子を観て言った。

麗は、餃子を包みながら、オレの顔をジッと観ると、

「お兄ちゃん、外に行ってきてやっと昔の元気が取り戻せたみたいだね」

と、言った。

「本当ね」

お母さんもオレの顔を観て言った。

「心配かけてゴメン。もう大丈夫だよ」

オレは、二人に頭を下げて笑顔でお礼を言った。

麗は餃子を包む手を停めてオレの顔をもう一度じっと見つめた。

「よかったね」

と、言って、麗もオレに笑顔で返してきてくれた。

「ほらほら、麗。速くしないと、焦げ目が付くどころか餃子が真っ黒焦げになっちゃうわよ」

　と、麗に言った。

「あっ、いけない」

　麗は、あわてててふたを取って、焼いている餃子の焼き加減を確かめると、皿に上手に移し始めた。

　食事が終わると、光は二階の自分の部屋に戻った。

「もし、結衣が言いたかったことがその事ならおそらく結衣から返信は帰ってこないな」

　オレは心の中で、つぶやいた。

　もう、あれから四カ月が過ぎた。しかし、光が想像していた通り、結衣からの連絡は、メールどころか手紙すらプッツリと帰ってこなくなった。

オレ自身もそうなるとは、踏んでいたが、全く連絡が来なくなるとは、想ってもいなかった。

結衣から全く連絡が来なかった事で、少しへこんだ。しかし、結衣と二人でパイロットになると決意したオレは、以前とは違い我慢できた。


オレは、前の日の疲れが残っていて、久しぶりにゆっくりと、お昼近くまで布団の中で寝ていた。

気持ちよく布団にくるまりながら寝ていると。机の上に置いて在った光の携帯電話が鳴った。

携帯の画面を見ると、画面には結衣の顔と名前が表示されていた。

「結衣からだ」

光は、携帯の画面を観て言う。

結衣とは、メールどころか、手紙すらこの四か月送られてこなかった。

結衣の声を聴くのは久しぶりだった。自分の心が高ぶって行くのがわかった。

「はい」

と、言ってオレは電話に出た。

「光…久しぶり。今日、日本に戻って来たんだけど、逢えるかな」

結衣は、元気な声で話しかけて来た。その話し方は、以前、光と恋人だった時の結衣の話し方に戻っていた。

すっかりオレは忘れていたが、今日はＢグループの中で予備期間を必要としない人達が、日本に帰ってくる日だった。

「久しぶり。解った。それで、どこに行けばいいんだ？」

光は結衣がどこにいるのか訊ねた。

「どこに行けばって…もう、家の前だよ」

と、結衣の携帯から、結衣の声ではなく麗の声が聴こえた。

「えー！」

カーテンをビーっと開けて、外を確かめると、そこには、結衣と麗が手を振っていた。

慌てて、オレはパジャマを着替えて、外に出て行った。

「お兄ちゃんひどい寝癖だよ」

「本当」

と、言って麗と結衣はオレの姿を観て笑った。


改めて髪型と服装を直して、外に出た。

二人で羽田が観える処まで歩いて行った。

ふと足を停めて、光は空港を眺めながら結衣に話した。

「オレ、結衣が言いたかった事がなんなのか解ったよ」

「うん。光は、メールで簡単な事しか伝えてこなかったけど、私の伝えたかった事を、光が、ちゃんと理解してくれたって、伝わって来たよ」

「結衣にメールを送った日。よく結衣と一緒に寝っ転がっていた高校の屋上に行って来たんだ」

オレは、メールを送った最後の日に、高校の屋上に行った事を結衣に話した。

「え？高校の屋上に！」

結衣は光から屋上に言ったと聴いて驚いた。

「あぁ」

「何をしに？」

光が答えると、結衣はさらに聴いてきた。

「結衣がオレに言いたかったことを確かめに。でも大学生が、高校の屋上に入るのは、ちょっと苦労したよ」

と、オレは笑いながら言った。

結衣もそれを聴くと、笑い出した。

「でも、その苦労して屋上に行ったおかげで、結衣が、オレに伝えたかった事がなんなのか解ったよ」

「………」

「二人で、安全に飛行できるパイロットになろう。そして、二人でパイロットになった後、もし、結衣の気持ちとオレの気持ちが変わっていなかったら…またオレと付き合って欲しい」

光は、結衣に自分の気持ちと決意を伝えた。

「ありがとう、光」

と、結衣は、今にも泣きそうな声で言った。

「ありがとう結衣」

と、光も、結衣にお礼を言った。

オレが結衣にお礼を言うと、結衣は静かに目を閉じた。

これは、結衣からのキスの合図かと思った瞬間に、急に結衣はパッと眼を開く
と、オレの左の頬を抓った。

「イデッ」

と、光は結衣に抓られた頬の痛みで声を上げた。

「目を閉じてキスする合図だとでも思っていたの？」

結衣は笑いながら言った。

「…はい」

オレは結衣に自分の心の中を見透かされた気がした。しぶしぶとつぶやくように、オレは答えた。

「そんな隙を見せているから、留美にキスされるなんて事が起こるのよ。もっと自覚しなさい」

「すみませんでした…」

結衣の口調が笑う口調から起こる口調に変わった。

オレは結衣の言葉に一気に花がしおれたように萎んでしまった。

「全く」

と、言うと結衣は、腕を組んで怒った。

「ごめん」

光は結衣にもう一度謝った。

「……じゃあ、許してあげるから、私にちゃんと誓って」

「なにを結衣に誓えばいいんだ？」

「私は、光がパイロットにちゃんとなるという決意が在るのはわかったわ。前と同じように恋人としての付き合いをするのはいいわよ。でも、その前にもう一つのパイロットとして、飛ばす自身が在るの？」

「もう一つのパイロット？」

オレは結衣の口から出た言葉に、真剣に耳を傾けて聴いた。

「そうよ。これから光は、人生のパイロットとして、ちゃんと私を飛ばして往くことが出来るの？」

と、結衣は今まで見たことが無いほど真剣な眼差しで光に問いただしてきた。

「………」

オレは結衣の真剣な眼差しを観ていた。

「出来るなら、ちゃんと誓って」

オレの顔をマジマジと観て言う。

「誓うよ、結衣と一緒に飛んで往ってみせるよ」

と、オレは、自分のウソ偽りない真っ直ぐな気持ちで結衣に誓った。

光が結衣に誓うと、結衣は光にガバッと抱きついてきた。

抱きついてきた結衣の肩を光もそっと抱きしめ返した。

結衣はオレが抱きしめ返すと、オレの心の中を覗き込むようにして眼を観てきた。結衣は静かに瞼を閉じた。

オレは、結衣の唇にそっと自分の唇を重ね合わせた。

唇を重ねていると、口の中に結衣の涙の雫が流れ込んできた。

この結衣の涙の味は、以前のしょっぱくて辛い涙の味ではなく、オレと結衣を幸せで包みこんでくれる涙の味だった。

13

人は一つの出来事で大きく自分の人生が変わることが在る。

その一つの出来事が終わると新しい出来事が始まる。そして、その出来事が終わった事で、それまでの人の関係が薄くなったり、濃くなったりすることがある。人の人生には、何度も分岐点が在る。しかし自分の進む道でどんなことが在るか。どんな人と出会うかなどをすべて解っていて進む人などこの世にはいない。

大学を無事卒業して四人の分岐点が訪れた。

青山光と岡村結衣は、大学を卒業した後二人で仲良く、同じ航空会社にパイロットとして就職することが出来た。

雨宮留美は日本ではなく、アメリカに渡って、アメリカの航空会社に勤める事が決まった。しかし、日本とは違って、副操縦士になる為には、定期運送用操縦士の免許も必要とするためにまだまだ先の話だった。

中西豊は、フライトエンジニアとして、大手機械重工業に就職した。

大学を卒業して四人のそれぞれの進む道が決まり、それぞれに決意を抱きながら、不安と希望に向かって歩き出した。


光と結衣の初出社の日。

二人はお互いの制服姿を確かめあうように眺めていた。

「光、その姿似合うね」

「結衣だって似合っているじゃないか」

「そうかな」

と、少しヘラヘラと笑うようにして言うと、結衣は照れ隠しなのか、それとも舞い上がったのか、その場でクルリと一回転した。

「これからは、二人で、どっちが先に機長になるか競争ね」

「そうだな。副操縦士じゃなくて機長か」

光も、自分の制服姿を着ている感覚を確かめながら話した。

「それでもし、二人とも機長になったら、ダブルキャプテンとして、二人で操縦するなんて事が在り得るのかな」

「いいわね。光と二人で、並んでジャンボジェット機を操縦か。そんなふうになったら夢みたいでいいな」

結衣は、ニコニコと微笑みながら、オレの腕に自分の手を添えて言った。

「まぁ、成れたとしても、まだまだ先の話だけどだな」

と、言って、光は、空港の滑走路から離陸して飛び上がろうとしている飛行機を眺めていた。

「そうね」

結衣も光と同じように外の滑走路から飛び立とうとしている飛行機を眺めた。

二人で並んでジャンボジェット機を操縦する姿を想像しながら。

光と結衣がパイロットとして勤めてから最初の冬が来た。

結衣は、風邪をこじらせ、三十八度七分の熱を出して家で寝込んでいた。

その日は、光はフライトで夜遅くまで戻ってこない為、代わりに、学校が休みの麗が、光に頼まれて、結衣の看病をしにきていた。

結衣は熱を出して赤い顔しながら「ハアハア」と辛そうにしていた。

「結衣さん、お兄ちゃんもうすぐ戻ってくるからね」

麗は、苦しそうにしている結衣を、少しでも元気づけようと言った。

「ありがとう麗ちゃん。ゴメンね」

結衣は元気づけてくれた麗に、お礼を言ったが、結衣の声は風邪のせいで声色が少し変わっていた。

「ゴホゴホ」と、結衣が苦しそうに咳をすると、

「結衣さん、気にしないで寝ていいてください」

麗は、座っていた椅子から立ち上がると、少しずれてきた結衣の布団を寒くないように掛け直してあげた。

「ありがとう」

結衣は、布団を掛け直してくれた麗に、お礼を言った。

「そんな、当たり前のことですよ。それに、結衣さんの風邪がこれ以上酷くなったらお兄ちゃんが何言うか解らないし」

と、言ってから麗は、

「結衣さんは光お兄ちゃんのお嫁さんになる人なのだから。早く良くなってくださいね。お義姉さん」

と、結衣の耳元で、元気づけるのと、からかうのを合わせて、小声で言った。

「もう、麗ちゃんたら」

麗からお義姉さんと言われると、少し結衣の顔が紅くなり、熱が上がったようだ。

「でも、光お兄ちゃん何時になったら、結衣さんにプロポーズするつもりだろうね」

椅子に腰かけてから、麗はつぶやいた。

「………」

結衣は、朦朧としている意識の中で、麗が口に出したことを考えていた。

風邪が治った結衣は、光と帰りのフライトの時間が重なって、制服姿のまま食事をしていた。

「ねぇ光。確か明日は、フライトが無くて休みなんだよね」

結衣は、溢れんばかりの元気な声で、光に話しかけた。

「あぁ、明日は、休みだけど」

オレは、直ぐに結衣に答えた。

「ラッキー。あのさ、明日は私フライト無くて休みなんだけど、久しぶりに二人でデートしない？」

と、言って結衣はニコニコと微笑みながらオレに寄り添うようにしてデートに誘ってきた。

「ＯＫ」

特に断る理由もないし、オレ自分も結衣を次の日デートに誘おうと思っていた処だった。

次の日は、結衣と二人でデートすることが決まった。

オレは、結衣がいつも待ち合わせの時間よりも三十分は早く行動することを考えて、少し待ち合わせ時間を遅らせて、待ち合わせをした。


次の日。

朝から一日を通して光と結衣は楽しい時間を過ごしていた。

夕方になり辺りが暗くなり始め、街の中に少しずつ街灯が灯り始めていった。

二人で楽しく話しながら歩いている時に、ふと、結衣は脚を停めて微笑みながら光に言った。

「私欲しい服が有るんだ」

「どんなの？」

オレは、結衣に聴きかえした。

「あんなの」

と、言って結衣は、右手をゆっくりと上げて、人差し指でその服を指差した。

結衣が指を差した先に在ったのは店の中でライトアップされたウエディングドレスだった。

オレは、結衣からの強烈なド直球を身体に受けてしまった。

恋人として付き合っていたから、結婚も少しは考えていたけど、まだまだ先の話だと思っていた。

結衣の方から、こんなにド直球で投げ込んでくるなんて、考えてもいなかった。

オレは、激しく揺れる心臓を抑えて、勇気を振り絞って結衣に結婚してほしいという気持ちを伝える覚悟を決めた。

「あのウエディングドレスを着て、オレと一緒にヴァージンロードを歩いてほしい」

と、光は言った。

「はい」

と、結衣は、微笑みながらゆっくりとうなずいて答えると、オレの胸に顔を埋めていった。

「おめでとう」

と、言う声とともに、後ろからクラッカーをパーーンと鳴らす音がした。

結衣と光の後ろで、音だけのクラッカーを鳴らしたのは、光の妹の麗と、結衣の妹の夏希だった。

「麗！お前どうしてここに？」

光は、麗と夏希の姿に、声を出して驚いた。

「どうしてって、朝からずっとお兄ちゃん達と一緒に居たわよ。私達」

と、言うと、麗は夏希の顔を観て、

「ねーー」

と、麗と夏希は二人で声をそろえて言うと、後ろに隠していたビデオカメラの画像をオレと結衣に見せた。

ビデオカメラの画像には朝から二人で、回っていた処の映像、そして、オレが結衣に告白していた処がしっかりと映っていた。

「へぇー。よく取れているわね。これなら、二人にちゃんと一日分のアルバイト料を、弾んであげるわよ」

結衣はビデオカメラの映像を観て答えた。

「ヤッター」

と、麗と夏希は、再び声をそろえてはしゃぎ廻った。

「なぁ、アルバイト料って何のことだ?」

オレは三人にアルバイト料とは何のことなのか訊ねた。

「あぁ、光には内緒にしていたけど。夏希と麗ちゃんに、私と光のデートする姿を見つからない様に、ビデオカメラで撮ってほしいって、頼んでいたのよ」

結衣はニコニコと笑いながら答えた。

「もしかして、今日オレが告白するのを想定して、二人に頼んだのか?」

「えぇ、そうよ。私には光の行動パターンが何となくわかるから、全然、煮え切らない光を私が押せば、必ず光が私に告白してくれると思ってね。その告白してくれる大事なシーンを映像で残して欲しくて、麗ちゃんと新潟から遊びに来ていた夏希に、アルバイト料を払うから、光に見つからないように撮ってと頼んであったの」

結衣は麗と夏希がなぜここに居て、ビデオカメラを撮っていたかなどを、光にその経緯を説明した。

結衣からその話を聴くと、オレはまた、サプライズが好きな結衣が陰で企んでいた事を知った。

「オレが、どう行動するか読めるなんてスゴイな」

と、言って、もう呆れるのを通り越して感心した。

「当然。二十年以上も光を観て来たのだから、光が次にどうな行動するかなんて、ほとんど想像できるわよ」

結衣は、光の行動が読めるという事を、胸を張って言う。

「恐れ入りました」

オレは、結衣に頭を下げて言った。

14

お正月の元旦。

オレは、結衣と休みを貰って新潟に来ていた。

普通なら、とても忙しい時期で、休みを貰えるはずもないのに、結衣とオレはそろって休みを三日間貰う事が出来た。

神奈川から新潟に来た理由は、正月のおめでたい時に結衣のお母さんに、結衣との結婚の許しを得るためだ。

あの川端康成が書いた雪国には「国境のトンネルを抜けると雪国だった」と書かれていたが、神奈川県と新潟県では、雪の降る量がケタ違いに多く、まさに雪景色だった。

そんな、銀世界を眺めながら、新潟駅に着いた。

もう、結衣のお母さんとは五年以上逢っていないせいか昔の高校生の時よりも緊張していた。

それとも、結衣との結婚の許しを得る為に会いに行く事で、緊張しているのかは、今のオレにはよくわからない。しかし、飛行機のフライトよりも、何十倍も今は緊張している気がした。

新幹線から降りた時に、緊張して足が止まったオレの姿を観て、結衣がいきなり背中を強烈に、バシっと叩いて発破をかけた。

「なに緊張しているの。いつもと同じにしていればいいじゃない。光、もっとしっかりしてよ」

光は結衣に発破を掛けられて、

「ゴメン」

と、言うと、深呼吸をしてから止まっていた足を動かして歩き出した。

駅からタクシーに乗って十分程移動すると、結衣の家に着いた。

タクシーの料金を払ってから外に出ると、再び、結衣の家の前でオレの足が止まってしまった。

その姿を観た結衣は、今度は背中を引っ叩くどころか、何も言わずに、止まっている左足を強烈に結衣は踏みつけた。

「イッター！」

と、言って、二度飛び上がると、オレは踏みつけられた左足を、両手でかばう様に抑えて痛がった。

痛がるオレの姿を観ながら結衣は口に手を当てて、笑っていた。

足の痛みが和らいでくると、オレはそのまま立ち上がって、結衣の家のインターホンを鳴らした。

インターホンを鳴らした横には、椎名と書かれた表札が在った。

椎名の苗字は、岡村の性になる前の結衣のお母さんの実家の性だ。

「ハーイ」

と、言って、ドアが開くと結衣の母の慶子が出てきた。

お義母さんは、オレと結衣を家の中に入れてくれた。

家の中に入ると、お義母さんは、オレと結衣を仏壇の前に連れて行った。

仏壇には結衣のお父さんの写真が飾られていた。オレと結衣は、仏壇のお義父さんの写真に手を合わせた。

仏壇に手を合わせ終わると、お義母さんは頭を下げて、

「結衣をよろしくお願いします」

と、言って、オレと結衣との結婚を許してくれた。

その言葉を聴いたオレは、一瞬で緊張が弾けた。

「お義母さん」

結衣は結婚を許してくれた慶子の顔を見詰めながら言った。

「ありがとうございます」

オレがお義母さんにお礼を言うと、障子の向こうから、

「私は、絶対に許しませんよ」

と、会話を遮断する声がした。

障子が開き、七十代位の女性が入って来た。結衣はその女性を観て、

「お祖母ちゃん」

と、言った。

入ってきたのは、結衣の祖母の椎名サエコだった。

「結衣の結婚相手がパイロットだなんて、私は絶対に許しませんよ」

サエコは、激しく言い放つと、障子をピシャッと閉めて出て行った。

結衣はその姿を観て、慶子に訊ねた。

「もしかして、お婆ちゃんに光との事、言ってなかったの？」

「えぇ…」

慶子は話しづらそうにうなずいた。

「じゃあ、もしかして、私もパイロットだって事おばあちゃんに話していないの？」

と、結衣は、さらに慶子に突っ込んで聴いた。

「言える訳ないじゃない。結衣、お祖母ちゃんは、大の飛行機嫌いなのよ。結衣がパイロットになる為に神奈川の大学に行って、今パイロットとして仕事しているだなんて、私の口から話せる訳ないじゃない…」

慶子は、そのまま、絶句してしまった。

光はその話を聴くと、結衣に訊ねた。

「じゃあ、結衣のお祖母ちゃんは、飛行機とパイロットが大嫌いだと」

「確かに、私もお祖母ちゃんが、パイロットを嫌いだって知っていたから内緒で、パイロットになったの」

結衣は辛そうな顔で言った。

「でも、なんでお祖母さんは、パイロットと飛行機が嫌いなんだ」

と、光は訊ねた。

「それは、お祖母ちゃんが、子供の時に疎開する直前に一一月一四日アメリカ軍の空襲が始まって、その時に襲ってきた恐怖が今でも、頭に残っていて、飛行機とそれを操縦するパイロットを怖がっているんです」

慶子はサエコのパイロットと飛行機が嫌いな理由を光に話した。

「それで、嫌いになった…」

光は、サエコの飛行機が嫌いな理由を聴くと、ポツリとつぶやくように言った。

「はい…」

「確かに、戦争でそんな怖い体験をした人に、飛行機を好きになれと言う方が、無理かもしれませんが、飛行機は怖いだけで終わってほしくないですね」

と、光は二人に自分の思いを話した。

「そうね、何とかお祖母ちゃんに解ってもらわないと…二人ともパイロットを辞めでもしない限り、お祖母ちゃんに祝福してもらって結婚する事は出来ないものね。そんなの絶対に嫌だけど」

結衣も自分の気持ちを話した。

「そうだな。どうすれば、結衣のお祖母ちゃんを上手く説得できるかな」

と光は、頭を掻き揚げながら、つぶやいた。

障子がもう一度開くと、今度は、夏希が入ってきた。

「大変だね、お姉ちゃん」

夏希は、隠れて観ていた為に、今の光と結衣の結婚をサエコに反対された一部始終もしっかりと観ていた。

「………」

「でも、お姉ちゃん。お義母さんに認めてもらっただけでもよかったね」

「そうね。後は、どうやってお祖母ちゃんを説得するかが問題よね」

「そうだな」

と、光もうなずいた。

結衣がそう言うと、部屋の中で四人はそのまま黙ってしまった。

「想像してはいたけど、まさか反対までされるとは…思ってもいなかったから…」

光と結衣は、本当は二泊の予定だったが、その日の中に川崎に戻ることにした。

新潟駅から上越新幹線に乗りこむと、中で二人は一言も話さずに、どうやって、結婚を許してもらうかを黙黙と考えていた。

家に戻ると、結衣とオレは麗にいきなり話し掛けられた。

「お帰り、どうだった」

新潟で光と結衣の結婚をサエコに許さないと言われたことを、知らない麗は無邪気に光と結衣に話し掛けた。

オレは浮かない顔で、

「それが…」

と、言うと、

「ダメだったの！」

麗は、オレの浮かない顔を観て、問い掛けた。

「いや、全然ダメだったわけじゃないのよ」

結衣は麗に答えた。

「お母さんには、あたしと光の事を許してもらえたのよ」

「おめでとう」

と、麗は間髪入れずに二人に言う。

「ありがとう。でも、お祖母ちゃんにダメだって言われちゃって…だから、二人でどうやって、お祖母ちゃんを納得させるかで悩んでいるのよ」

と、言って結衣は、サエコに反対された事を、麗に話し始めた。

事情を聴いた麗も、光と結衣と同じように少し浮かない顔になって話した。

「そうなんだ。それで、二人で浮かない顔していたんだ」

「そうなの」

「あぁ」

「パイロットが嫌いか…どうすれば、解ってもらえるのかな…」

と、玄関で話していたが、三人で同時に寒さを感じた。

「まぁ、ここで、立ち話もなんだから、部屋に行って話さないか?」

寒さを感じたオレは結衣と麗に言った。

「そうね」

「そうしよ」

と、言って二人も直ぐにうなずいた。

部屋に入ろうとした時に、結衣がつぶやいた。

「ヤッパリ、結婚式はお祖母ちゃん抜きでするしかないのかな」

部屋に入るとオレは、結衣にプレゼントされたキャプテンハットに眼が留まった。

オレは、その帽子を観ながら言った。

「どうせだめなら、オレ達がどんな仕事をしているかを、お祖母ちゃんに一度でも観てもらってからでも決めるのは遅くないいんじゃないか」

「観てもらうって、空港にお祖母ちゃんを連れて行くって事！」

驚いたという顔で、結衣は言った。

「行くかな」

麗は、首を傾げながら言う。

光の考えでは、無理だと思った結衣は、

「そうよ、飛行機が沢山ある、空港になんか死んでも行かないって、言うに決まっているじゃない」

と、言った。

「じゃあ、お祖母ちゃん抜きで結衣は結婚式がしたいのか？」

光は、怒った口調で結衣に言う。

「それは、お祖母ちゃんにも出てほしいけど…」

結衣は、本心をつぶやいた。

「だったら、せめて、オレ達がどんな仕事をしているかをちゃんと見てもらってからでも、遅くは無いんじゃないか」

「………」

「それでも、オレ達の仕事を理解してくれないようだったら、その時は…」

そこまで言うと、光は口を噤んだ。

「そうね、聴きもしないで絶対に来ないなんて決めつけるよりも、無理なら無理で、実行してから後悔した方がいいものね」

結衣は、難しい顔から明るい顔に戻って言った。

「そうだよ」

と、麗も同調して答えた。

そこから、三人でどうやって、お祖母ちゃんを上手に誘い出すかという作戦会議が始まった。

「とりあえずは、まずお祖母ちゃんをどうやって新潟からこっちに誘い出すかよね」

「そうだな、こっちに来てくれたら」

「あのさ、お兄ちゃんも結衣さんも、そんな回りくどいやり方してないで、さっきお兄ちゃんが言ったみたいに、ちゃんと最初から、どういう理由で来てほしいのか話した方がいいんじゃないかな。結婚する前の最後のお願いですとか言ってお祖母ちゃんに、私達の真剣に働いている姿を観てくださいって言う方が、お祖母ちゃんに気持ちが伝わるんじゃないかな」

麗は回りくどい言い方をしないで、ちゃんと説明した方がいいと二人に諭す。

「そうね、誘い出すことが出来ても、空港で帰られたんじゃ意味ないもんね」

結衣も麗の考えに同調した。

「確かに。電話で誘ったり、手紙で来てほしいと書くのもなんだから、もう一度二人で一緒の休みの日に、お祖母ちゃんにお願いしに行こう」

光は家に帰って来た時とは比べ物にならないくらい元気に言う。

「わかったわ」

結衣も、光に負けないくらい元気な声で言った。

15

一月はもう同じ日に休みが取れなかった二人が新潟に来たのは、暦が変わって二月になってからだった。

再びオレは新潟の結衣の家まで来た。

今度は、前回のように緊張はしていなかった。

しかし、果たして、お祖母ちゃんを納得させることが出来るのかという、問題をかかえていた。

インターホンを押すと、お義母さんが出てきた。

「気を付けてね」

お義母さんはそう言うと、すんなりとオレと結衣を家の中に入れてくれた。

家の中に入ると、いきなり結衣とオレに、向かって落花生がたくさん飛んできた。

「出ていけー」

サエコがもの凄い剣幕で、左手で笊を抱えて、右手でその笊の中から大量の落花生をオレと結衣に激しく投げつけて来たのだ。

「お祖母ちゃん！」

落花生を投げつけられた、結衣は声を上げて驚いた。

「うわ！」

と、言って、光は両手で、落花生を防ごうとした。

「お祖母ちゃん。ちょっと、待って」

と、言って、結衣も、必死に両手を前に出して防ぎだした。

サエコは豆を投げる手を止めようとしない。

笊の中の豆を投げ切ると、サエコは息を切らしながら、玄関から立ち去った。

「終わった?」

と、言って、慶子が外からドアを開けて入ってきた。

そういえば、家の中に入った時、結衣とオレは中に入ったけど、お義母さんは、中に入って来なかった。それに、普通なら頑張ってと言って、出迎えてくれるならわかるが、お義母さんは、「気を付けて」と言っていた。その意味がやっと分かった。

「お母さん酷いじゃない、お祖母ちゃんが豆を投げつけてくるのを知っていたから、外で待っていたんでしょ」

結衣は頬を膨らませて、慶子に言った。

「だって、こっちまで結衣達のとばっちりを受けて、豆を投げつけられたくなんかないじゃない」

と、ニコニコと笑いながら慶子は言った。

「まったく」

と、言うと、結衣はますます頬を膨らませた。

二人は、来る日を誤ったと心の中で想った。今日は節分の日で、お祖母ちゃんにしてみれば、オレと結衣は大嫌いなパイロットということもあり、忍び寄る厄害として、家から追い出す対象に最適だった。

お義母さんは、先に玄関から台所に戻ったが、オレと結衣は、息を整えて落ち着けて、改めて、お祖母ちゃんに結衣との結婚を許してもらうために挨拶に行こうとすると、夏希が出てきた。

「夏希、今日は」

「鬼は外」

夏希が光と結衣に、軽く豆を投げつけてきた。

軽く投げてきた事で、祖母ちゃんの投げつけて来た時ほど痛くはなかった。

「イタ」

「こら、辞めなさい。夏希」

結衣は夏希に豆を投げるのを辞めるように言う。

結衣に言われて、夏希は、豆を投げるのを辞めた。

「何であんたまで、私達に豆を投げつけるのよ」

と、夏希の顔を観て訊ねた。

「えへへ。お祖母ちゃんが、お姉ちゃん達に一回でも豆を投げつけたら、おこずかいを上げるって、言ったから」

夏希は、ニッコリと笑って言った。

結衣は、心の中で、「こいつ、買収されたな」

と、つぶやいた。

「もういいでしょ、一回以上投げつけたんだから」

結衣は頬を膨らませて言った。

「お姉ちゃん、頑張ってね」

と、手を振って、自分の手を振って自分の部屋に戻った。

「全く、買収されたくせに、頑張ってだなんて…」

結衣は、お祖母ちゃんにもう一度お願いする前に心が静かではいられなくなった。側にいるオレにも、何時とばっちりが、来るかわからない状態になっていた。

オレと結衣はやっとの事で、お祖母ちゃんと面と向かって話すことが出来た。

サエコは難しい顔をしたまま黙っていた。

「お祖母ちゃん聴いて」

と、言って、結衣から話し始めた。

「あたしは、パイロットと飛行機が嫌いだって、何回言ったら解るんだい。そんなに結婚したいなら、あたしなんか気にしないで、勝手にすればいいじゃないか」

と、突然口を開いて結衣とオレに言い放った。

サエコに自分なんか気にしないで結婚すればいいと言われると、

「お祖母ちゃん…」

と、言って、結衣は悲しそうな表情に変わった。

「お祖母ちゃん、聴いてください。飛行機は確かに多くの人の命を奪う事もありますが、それ以上に人に夢を与える事が出来るんです」

「………」

サエコは口を閉ざしたように何も言わなかった。

「自分や結衣にも、自分で操縦して大空を飛ぶと言う夢を与えてくれました。それに、飛行機は他の人へ夢を運ぶ架け橋なのですから」

光はサエコに自分の正直な気持ちを伝えた。

「………」

「お祖母ちゃんが怖い体験をして、飛行機が嫌いになったのは知っているけど、どうかお願いです。あたし達の働く姿をしっかりと、曇りなき眼で観てください」

結衣は、涙を流して頼んだ。

「結衣。解ったよ。結衣たちの姿をしっかりと観ればいいんだね」

サエコは険しい表情を解いて答えてくれた。

「ありがとう、お祖母ちゃん」

結衣は涙を手で拭きながら言う。

「でもね、一つ、間違っているよ」

「え？」

「結衣、あたしも飛行機が好きだったんだよ」

サエコは昔を思い出しながら結衣に言う。

「え！お祖母ちゃんが、飛行機が好きだった」

結衣は、サエコが昔は飛行機が好きだったと聴いて驚いた。

「ウソ！」

「お祖母ちゃんが！」

と、部屋の外から驚く声がした。

「この声は！」

と、言って部屋の外に行くと、慶子と夏希が話を聴いていた。

「ヤァー、お姉ちゃん」

「あら、もう結衣お話終わったの」

と、二人とも話をはぐらかそうとした。

「二人とも、盗み聞きなんてしないでよ」

結衣は、障子の向こうで盗み聞きしていた慶子と夏希に言った。

「じゃあ、堂々と、一緒に聴いていようか」

と、夏希は、ニッコリと笑って部屋の中に入ってきた。

「そうしましょ」

と、言って、慶子も部屋の中に入ってきた。

「……………」

結衣は呆れかえって、何も言う気には、ならなかった。

慶子と夏希が座ると、改めてサエコは嫌いになった理由を語り始めた。

「近所に私より四歳年上の琴美というお姉さんがいたのだよ。琴美姉さんは飛行機が好きでね。逢って話をすると飛行機の話や自分で操縦して空を飛びたいと言う話を聴かせて貰ったよ。私もお姉さんから話を聴いているうちに自分も飛行機に乗ったり操縦したいと思うようになっていったよ。でも、そんなときに東京の大空襲が在ってね、私は助かったけど、琴美姉さんはその空襲で亡くなってしまったよ。それから私は、好きだった気持ちが変わってどんどん飛行機とパイロットが嫌いになって行ったよ」

「そうだったんだ…」

夏希は、サエコから理由を話して貰い、つぶやく様に言った。

「それなら、お祖母ちゃん。お祖母ちゃんが飛行機を操縦するのは無理だけど、あたしと光が操縦する飛行機に乗ってください。そして、好きだった時の気持ちを取り戻してください」

結衣は心の中の気持ちをサエコにぶつけた。

サエコは、何も言わずにそのまま静かにうなずいてくれた。

お祖母ちゃんは、オレと結衣のパイロットとして働いている姿を観に来てくれる事を約束してくれた。


三月一日。

光と結衣は、サエコが来るのを待っていた。

行きは光が、帰りは結衣が、副操縦士として操縦して、サエコを乗せて北海道に送ることになっていた。

「お祖母ちゃん来てくれるかなぁ」

結衣は時間通りに、サエコが来てくれるか心配になりつぶやいた。

「来てくれるよ。お祖母ちゃんは」

光は、結衣の心簿そうな気持ちを察してか、自分の手を結衣の手に重ね合わせてギュッと握った。

「うん」

と、言って、結衣もギュッと光の手を強く握り返した。

「待たせたね」

と、言って、サエコが結衣と光に声を掛けてきた。

「お祖母ちゃん。ありがとう」

結衣は、サエコが約束通り空港に来てくれたことを喜んだ。

「ありがとうございます」

と、言って、光もお礼を言った。

「お祖母ちゃん。私達パイロットは日々、一歩ずつ安全にフライトできるように努力して、自分の能力を決して自己過信せずに、自分の能力がどれ位なのかをハッキリと理解することが必要です」

結衣はパイロットとしての心掛けを話し始めた。

「そして、一度、パイロットとして操縦席に座ったら、無心で操縦し、どんな事態になっても一つの事にとらわれず、意識を切り替えることが出来なければなりません」

と、光も、パイロットとしての心掛けを語った。

「……」

「どうかよろしくお願いします」

光はそう言うと、パイロットとして、操縦席に向かった。

「お祖母ちゃん、光やあたしの仕事をしっかりと観て」

結衣は、サエコと一緒に飛行機に乗る手続を始めた。

サエコは少しも嫌がることなく、飛行機に乗り込んでくれた。

結衣はサエコを窓際の席に座らせた。

「お祖母ちゃん観ていて、飛行機は恐ろしいものではなくて、本当に恐ろしいのは、やましい心を持って操縦する人間だと言う事を。そして、正しい心でフライトできる人は、夢を運ぶ器を動かしているんだって事を」

結衣は離陸する前に、サエコに、そして自分に言い聞かせるように話した。

飛行機が離陸し始めた。

飛び始めてから既に十分が経っていた。

結衣もサエコも飛び立ってから一言も喋らなかったが、結衣には一つだけ解っていることが在る。それは、サエコの表情が飛ぶ立つ前に比べて、非常に生き生きとしていたと言う事だった。

結衣はそのまま、自然に任せるように、そっとしておいた。

北海道に到着すると、そのまま結衣とサエコは手続きを終えて光が来るのを待っていた。

光が結衣とサエコの場所まで戻ってきた。

「お待たせ」

サエコは飛行機に乗ってから今まで一言も喋らなかったが、光が目の前まで来ると立ち上がった。

「光さん」

「はい」

「光さんと結衣の人生のフライトする瞬間を、私にも見せておくれ」

それは、二人の結婚を祝福してサエコも結婚式が観たいという意味だった。

結衣の頬を一筋の涙が伝う。

「ありがとう。お祖母ちゃん」

「ありがとうございます」

光と結衣は、自分たちの結婚を祝福してくれたサエコにお礼を言った。

16

結婚式の一週間前。

光と結衣は、お互いにフライトのスケジュールが合わず、結婚式前に貰った二人の独身生活最後の休みの日だった。

「これが、光と私の独身の最後のデートになるのね」

と、結衣は、口から漏らした。

「なんだ、今更、オレと一緒に居るのがイヤになったってか」

と、光は、意地悪がてら言う。

「違うわよ。こうやって、光と二人でいる時間が最後になって、二人で生活することが普通になるんだって思って、昔の事を出していたの」

結衣は空を眺めながら、昔の事を思い出していた。

空には、光と結衣の好きな飛行機が飛んでいた。

「でも、まさか、光が私の家に引っ越してくるとはね」

「別にいいだろ」

「普通は、私が光の家に入るか、二人とも親元から離れて別の場所で暮らすとか言うんじゃない？」

「オレの家には、まだ大学に入ったばかりの麗がいるし、結衣が住める部屋が無いから、しばらく、結衣の家を借りるだけだよ。出ていくわけじゃない。それに、結衣の家とは、道の間で切れているけど、オレの家と目と鼻の先で繋がっているようなもので、何かの時に便利だしな」

　と、言って光は笑った。

「まぁ、それもそうね」

　と、言って、結衣も微笑んだ。

　結衣の微笑んでいる顔を観てオレも嬉しくなった。

　人生には山あり谷ありと言う。

　これまでにも、いろいろと結衣との間でハプニングが在ったがやっと、結衣とのゴールインが一週間後に出来る。

オレは、その嬉しさで心の中が満たされていた。

結婚するのに不安も確かにあったが、それよりも、一緒になることで幸せだと感じる事が出来る自分の方が、遥かに勝っていて、自分自身を持ち上げてくれた。

「本当によかった」

オレは心の中でもう一度言った。

その瞬間にオレは、

「ワーー」

と、大きな声を上げて、結衣を抱きしめて叫んだ。

「どうしたの！」

声を出して喜んだオレに、結衣は驚いて聴いた。

「嬉しいんだ。結衣と一緒になれたのが」

オレは自分の気持ちをそのまま結衣に伝えた。

「………」

結衣はそのまま何も言わずに、ジッとオレを見つめると、何かを確かめたようにそっと目を閉じた。

オレは、そのまま結衣の唇に自分の唇を重ねた。

今のオレと結衣には、周りから目線が集中しようともう関係ない。この上ない喜びが、二人を包んでくれた。


二人の結婚式の日。

光と結衣は、前の日からよく寝むれなかった。まるで、修学旅行などがある前日に眠れない子供のように気持ちが高ぶって眠れなかった。


結婚式場には、中西も来ていた。そして、招待状には名前が書かれていなかったが、ひと時光と結衣の二人の仲を引き裂く原因を作った留美も来ていた。

「留美さん！」

オレは、もう卒業したらほとんど会う事が無いと思っていた留美さんが、オレと結衣の結婚式に来ている事を知って驚いた。

「私が呼んだのよ」

驚いている光を観て、結衣が言った。

「え？」

「だって、私と光を引き裂いたのも留美かもしれないけど、光に大事なことを考えさせるきっかけを与えてくれたのだから」

「そうか…」

と、言ってオレは、うなずいた。

「もう、大丈夫みたいね。お二人さん」

と、留美は言って微笑みながら近づいてきた。

「えぇ」

結衣は、微笑みを留美に帰した。


結婚式が始まるまで、まだ時間が在った。天気も良く、雨が降る気配など全くなかった為、予定通り結婚式は外で行われる事となった。

結衣は自分にお花を渡すはずの役で、親戚の女の子の美咲と話をしていた。

「美咲ちゃん、よろしくね」

と、結衣が言うと、

「うん」

と、言って、元気な声で大好きなサッカーボールを両手で持ちながら変事をした。

その美咲の母親の処に、電話が掛かってきて、周りには結衣と美咲しかいなくなった。

美咲がサッカーボールを蹴って遊んでいるのを観ると、結衣も後ろを向いて深呼吸をして気持ちを落ち着けた。

「よーし」

と、言って、振り返ると、後ろには、美咲の姿は無かった。

「美咲ちゃん」

結衣は、辺りを捜したが美咲は見当たらない。

遠くから、何かを探している結衣を見つけると、

「どうかしたのか？」

と、言って、もうじき式が始まる事を結衣に伝えようと、オレは声を掛けた。

「私にお花を渡してくれることになっていた美咲ちゃんが居なくなったの」

結衣は慌てて、ウエディングドレスのまま美咲を探し始めた。

「わかった、オレも探す」

と、言って、結衣と一緒に辺りを捜した。

先に結衣が、道に出ていた美咲を見つけた。

「美咲ちゃん。ダメでしょ」

と、結衣は言って、道から戻そうとした。

オレは結衣の声が道の方からして、近くに行った。

二人を見つけて、声を掛けようとすると、二人の後ろからワゴン車が突っ込んできた。

「危ない」

と、オレは、叫んだ。

ワゴン車の激しいクラクションと急ブレーキの音が鳴り響き、ドーンっと激しい音をたてて、結衣と美咲を跳ね飛ばした。

「！！！」

オレは、その光景を目の前で観た時、声にならない声を上げて叫んだ。

17

結衣が亡くなった。

特に何処かを激しく損傷したわけではなかったが、美咲を助けようと結衣はウエディングドレス姿のまま、車に撥ねられた。美咲は腕をすりむく程度の軽症で済んだが、結衣は、美咲をかばったため自分の受け身を取れずに打ち所が悪く、亡くなった。

結衣が美咲を助けようとして交通事故で亡くなった今日は、結衣と結婚式を挙げる日であり、オレの二十四歳の誕生日でもあった。

その一生忘れられない記念の日が、一瞬で、全く逆の一生忘れられない惨劇の日に変わってしまった。

親戚や友達が集まっていた結婚式はそのまま、御通夜にと変わってしまった。

葬儀は、既に婚姻届を出し、うちの家の籍に入って青山結衣になっていた事から、父とオレが仕切って、執り行われる事になった。

友達や親戚の人は、オレを気づかって、励ましてくるが、もうオレの耳には、届かなかった。

そして、我慢できなくなったオレは、結衣のお通夜の途中で、全てを投げ出すようにして、飛び出した。

結衣がいないこの世界に我慢できずに、オレはもう何も考えず、靴も履かずにそのまま走り続けた。

何処をどう走って、来たのかわからないが、オレの前方には黒く広がる海があり、後方には、まぶしく輝く夜景が綺麗に広がっていた。

まるで、今の自分の姿を映しているようだった。

結衣がいて、輝いていた人生が後ろに在り。結衣のいないこれからの人生が、自分の目の前に黒く広がって在るようだった。

光はその場で、両手を地面について泣き崩れると、内ポケットから、ケースがポトリと落ちた。

オレはケースを拾い上げ、ケースのふたを開けた。

ケースの中には、結衣の薬指にはめるはずだった結婚指輪が入っていた。

オレは、そのケースごとギュッと握りしめて、

「イヤダー」

と、大きな声で叫んだ。

その叫んだ瞬間、黒く広がる海が、一面光り輝きだした。

まるで、その光景は、自分を映し出す鏡のようだった。

その鏡のように輝く海に移っていた自分の姿は、女性の姿だった。

そして、女性の私は、

「辛いなら戻ってきなよ」

と、優しい声で語りかけてきた。

すると、海に移る女性の自分が光の粒になってまぶしく輝きながらオレを包み込んでいった。オレは、まぶしい輝きに包まれると意識を失いながら、その輝きの中に引きこまれていった。

どれだけ時間が経ったのだろう光は失っていた意識を取り戻した。

「ここは何処だろう。以前見たことがある」

周りを見渡すと、目の前にはカーテンが掛かっていて、オレは、鏡に寄り掛かるようにしていた。そして、以前自分が買おうとしていた女性の服が掛けてあった。

そうだ。ここは、向こうに行った時のデパートだ。

「光どうしかしたの？」

カーテンの向こうから、聴き慣れた結衣の声がした。

「え？」

オレは、カーテンを開けて、結衣の声がした向こうを確かめた。

そこには、間違いなく高校生の時の髪型の結衣が居た。

結衣は心配そうな顔をしてオレを観ていた。

「結衣、お前、生きているのか？」

オレは、目の前に居た結衣に『生きているのか?』などと、咄嗟に声を掛けてしまった。

「私が生きているって、どういう事?」

不思議そうに結衣は聴いてきた。

「あ!いや…」

オレは返事に困ってしまった。

「それに光…。なんか、喋り方が、男の人みたい…」

結衣は、オレをさらに覗き込むように言ってきた。

「え!」

オレは自分の姿を改めて確かめた。その姿は、間違いなく、あの高校三年生の誕生日の時の格好だった。

「どういう事だ!」

心の中でオレは大きな声を上げて叫んだ。

「今まで見ていたのは夢だったのか?今は女性で、結衣を好きになって結婚式を挙げるはずださっきまで観ていたことが夢だったたって事…」

「いったいどうしたの？」

「今日、何日だっけ？」

ふと光は口に出して結衣に訊ねた。

「なに言っていんの？今日は、七月十三日で、光の十八歳の誕生日じゃない」

と、結衣は、微笑みながら言った。


光は結衣とデパートでの買い物を済ませると、あれこれ結衣と楽しく話しながら家の前まで来た。

家の前で結衣と別れてから、光は自分の部屋に駆け込むようにして入って行った。

自分自身でも何がどうなっているのかよくわからない状況だった。

机の上を観ると、何処かで観たことのあるケースが置かれていた。

光はそのケースに近づくと、そっと手に取りふたを開けて中身を確かめた。

その中身は、間違いなくあの結婚式の時に結衣の左手の薬指にはめるはずだった結婚指輪が入っていた。

光は指輪をケースから取り出して、指輪を眺めた。

指輪の内側にはＨｔｏＹと刻んで在った。

「どうして！これがここに？」

と、言うと、光は指輪をケースに戻して、握りしめながら考えた。

「これは夢の中で結衣に渡すはずのものじゃ！」

光はケースをギュッと握ったまま確信した。今までの事は、夢ではなく、全てが現実に体験した事だったと言う事を。


オレ…いえ、あたしは、こっちにどうやって戻ってくることが出来たのか、今でもハッキリとは思いだせない。

しかし結衣が死んだ。その絶望の淵に陥っていた自分を救ってくれたのは、おそらく海に映った元の世界の自分だったのは確かだ。

あたしを元の世界に戻すという事で、絶望の淵に落居っていた男性の自分を救ってくれたのだと思う。

光は窓を開けて、大好きな空を見上げた。

「こちらでは、結衣はまだ死んでいないし、あたしと結婚することにはならないはずだから、結衣も死ななくても、済むはずよね。でも、おそらく、結衣のお父さんが亡くなる日は事故とは、違って、病気だから変わらないのよね。そして、結衣を男と女として愛しあう事が、できなくなるのよね。まぁ、しょうがないけどね」

と、心の中でつぶやいた。


学校の屋上で私は大好きな空と飛行機を眺めながら寝っ転がっていた。

すると、寝っ転がっている私にいつものように結衣が話しかけて来た。

「あんた、また、飛行機の事考えていたんでしょ」

と優しく元気な声で話しかけて来た。

「結衣」

その時、私は理解した。私を向こうの世界に送ったのは、自分自身の心だと。そして、向こうの世界に導いて、絶望の淵に、落居っていた私を引き戻したのも自分自身の心だったと。

鏡に引き込まれる前の私は、『もし自分が、女性ではなく男性として生まれていたらどんな人生を歩んでいたんだろうか』『私が男性だったら、隣の家に住む結衣を愛していたのかな』などあの時はいろいろな事を考えていた。

しかし、もう私は『生まれ変わったら○○になりたい』という事を、二度と考えたりしない。私を向こうの世界に導いて、男性になった時どうなるかを直接体験させる事で教えてくれたんだ。

女性には女性の時の悩みや喜びが。男性には男性の悩みや喜びがあることを教えてもらった。

私は、今自分が過ごしている時間を精一杯生き。そして、自分のやりたいと思う事を真っ直ぐな気持ちで遣り通す。

向こうの世界に行ってその事を学ばせてもらった。

私は、今生きている時間を羽ばたいて飛んでいきたい。

そう、こっちでは、結衣という最高のパートナーと一緒に、向こうでは成しえなかった女性二人のダブルキャプテンを夢見て、これからの人生を共に羽ばたいて往きたい。

あとがき

この私の本を手に取って頂きまして、本当にありがとうございました。こちらの『生まれ変わったら男になりたい』は、推理小説を手掛けていた私が、初めて手掛けた恋愛小説です。一生の中で、誰でも一度は想像した事が在ると思う事を基に、話にしました。

もし、自分が男性ではなく、女性だったらと考えると言う男性の話は、以前から聴く話です。ですが最近の職場では、以前より広く女性が活躍するようになってきました。そんな中で、女性が男性に生まれ変わったらと考えたりする女性も少なくないようです。この話に登場する光は、昔から「なぜ、自分は男ではなく女に生まれたのか」と言う悩み。そして、「いつかパイロットになって、大空を飛び廻りたい」という夢を心の中でいつも抱き続けている女性と言う設定で描きました。

この話は、年代問わず、広い範囲の方々に読んで頂きたいと思い巡らせて書きました。自分の今の生き方がわからず、迷走して、上手く前に進めない。そんな人が、この本がきっかけで、もう一度、今の自分の生き方を見つめ直し、これからの自分と向き合い、考えるきっかけになったら、嬉しい事この上ないです。

春原皇峰

著者プロフィール

著者：春原 皇峰（すのはら・こうほう）
本名：春原 司（すのはら・つかさ）
1979年3月長野県生まれ。
長野西高等学校卒業。
さまざまな職業を経験しながら初めて書いた小説『ヤドカリ刑事　笛が呼ぶ嵐』が、2012年第4回日本文学館出版大賞ノベル部門佳作に選出され、執筆活動を続ける契機となった。
著書に『そっくり×そっくり』（2014年ブイツーソリューション発行）がある。

生まれ変わったら男になりたい

2015年12月7日　初版第１刷発行
著　者　春原皇峰
発行所　ブイツーソリューション
〒466-0848 名古屋市昭和区長戸町4-40
電話 052-799-7391　Fax 052-799-7984
発売元　星雲社
〒112-0012 東京都文京区大塚3-21-10
電話 03-3947-1021　Fax 03-3947-1617
印刷所　藤原印刷
ISBN 978-4-434-21302-1